행복동 타임캡슐

| 일러두기 |

이 책은 다음 출판사와 작가분의 동의를 얻어 진행하였습니다.
협조해 주신 출판사와 작가분께 감사 인사를 드립니다.

1. 『운수 좋은 날』 (현진건 지음)
2. 『꿈을 지키는 카메라』 (김중미 지음, 창비)
3. 『체리새우: 비밀글입니다』 (황영미 지음, 문학동네)
4. 『페인트』 (이희영 지음, 창비)
5. 『바보 빅터』 (호아킴 데 포사다 지음, 한국경제신문사)

행복동 타임캡슐

청소년 성장소설 십대들의 힐링캠프, 독서치유

[십대들의 힐링캠프®] 시리즈 NO.78

지은이 | 권지영
발행인 | 김경아

2024년 8월 1일 1판 1쇄 인쇄
2024년 8월 8일 1판 1쇄 발행

이 책을 만든 사람들
책임 기획 | 김경아
기획 | 김효정

북 디자인 | KHJ북디자인
표지 삽화 | 발라
경영 지원 | 홍종남
기획 어시스턴트 | 홍정욱, 한선민, 박승아
제목 | 구산책이름연구소
책임 교정 | 이홍림
교정 | 주경숙, 김윤지

종이 및 인쇄 제작 파트너
JPC 정동수 대표, 천일문화사 유재상 실장, 알래스카인디고 장준우 대표

청소년 기획위원
정가인, 양태훈, 양재욱

펴낸곳 | 행복한나무
출판등록 | 2007년 3월 7일. 제 2007-5호
주소 | 경기도 남양주시 도농로 34, 301동 301호(다산동, 플루리움)
전화 | 02) 322-3856 팩스 | 02) 322-3857
홈페이지 | www.ihappytree.com | bit.ly/happytree2007
도서 문의(출판사 e-mail) | e21chope@daum.net
내용 문의(지은이 e-mail) | apple_3808@naver.com
※ 이 책을 읽다가 궁금한 점이 있을 때는 지은이 e-mail을 이용해 주세요.

ISBN 979-11-94010-03-6 (43810)
"행복한나무" 도서번호 : 182

※ [십대들의 힐링캠프®] 시리즈는 "행복한나무" 출판사의 청소년 브랜드입니다.

행복동 타임캡슐

| 권지영 지음 |

차례

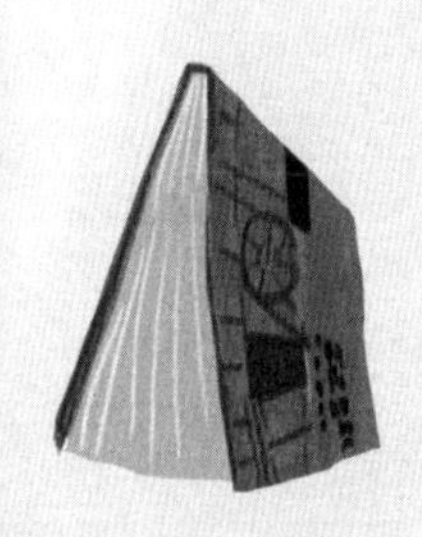

2장 | 옥상책빛1 | 운수 좋은 날

3장 | 옥상책빛2 | 꿈을 지키는 카메라

4장 | 옥상책빛3 | 체리새우: 비밀글입니다

5장 | 옥상책빛4 | 페인트

6장 | 옥상책빛5 | 바보 빅터

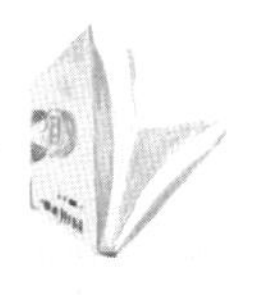

등장인물

김승윤 운동을 잘하며 폼 잡는 것도 좋아한다. 가정 폭력 피해자로서 내면에 분노를 쌓아놓은 아이.

서서연 왕따 트라우마로 센 친구를 사귀고 털털한 척한다. 자존감이 낮고 타인에게 인정받고자 하는 욕구가 강한 열다섯 살 소녀.

박서진 키가 크고 잘생겼지만, 가난한 가정환경이 콤플렉스다. 가슴에 항상 울분이 쌓여 있는 안타까운 애늙은이.

최도현 공부를 못해 항상 '기초학력 미달'이다. 엄마가 필리핀 사람이라는 사실이 창피한 철부지 소년.

박솔희 부모가 있는데도 보육원에서 지내게 되면서 삶의 중심을 잃어버렸다. 곽지혜 선생님의 권유로 옥상책빛에 참여한 아이.

곽지혜 푸른여중 역사 선생님. 입양아인 것을 알게 된 뒤 정체성의 혼란을 느끼며 인생의 바닥을 찍어본 경험을 가지고 있다. 그래서 청소년기를 보내는 제자들의 마음을 누구보다 잘 알고 이해한다.

위미라 초원중 국어 선생님. 곽지혜 선생님과 중학교 동창이다. 아이들의 이야기를 경청하는 능력이 뛰어나다. 별명은 '낄빠'.

| 프롤로그 |

2049년, 행복동 타임캡슐

드론 택시 한 대가 유리창 너머 '행복동 일시 주정차 구역'이라는 바닥 글씨가 쓰인 곳으로 스르르 내려왔다. 행복동 주민자치센터 맞은편에 위치한 레스토랑에서 타임캡슐을 열기로 한 데에는 이유가 있다. 25년 전, 이곳에는 김승윤과 곽지혜의 집이 있었지만 10년 전 재개발로 지금의 모습이 되었다. 승윤과 지혜의 집을 비롯해 여러 채의 단층 주택이 사라지고 난 곳에는 큰 건물이 들어섰지만, 과거와 현재의 공존을 지향하는 도시개발 방향에 따라 25년 전 행복동의 모습을 품은 복고풍 건물도 여기저기 남아 있다.

"하여튼 박서진은 어릴 때나 지금이나 여전히 지각 대장이라니까."

승윤이가 말했다.

“우리 중에 제일 바쁜 사람인데, 10분 지각은 귀엽게 봐줘야 하는 거 아냐?”

도현의 말이 끝남과 동시에 서진이가 코트 끝자락에 묻은 눈을 털며 들어왔다.

“얘들아 미안해. 선생님, 죄송합니다. 중요한 날인데 제가 또 지각했네요.”

“날씨 때문에 택시 잡기 힘들었을 텐데, 고생했어.”

미라가 말했다.

“하늘에서 내려다보니, 행복동은 여전하던데요. 승윤이랑 지혜쌤이 살 때처럼 좁은 골목이 남아 있어서 정겨워요. 이 건물 옥상이 눈에 들어오는데, 옥상책빛 하던 그때 생각이 나더라니까요. 옥상만 보면 심장이 벌렁거리는 것 같아요."

서진의 말에 모두가 공감하는 듯 웃었다.

"행복동이 우리한테 그런 힘이 있나 봐? 나도 오는 길에 서진이랑 비슷한 기분이었어. 오늘 지혜는 한참 늦게 올 거야. 우리끼리 타임캡슐 열어보고 있으라며 나한테 가방 넘겨줬어. 자기가 정리해 둔 순서대로 읽으면 좋을 거래."

"지혜 쌤 반칙 아녜요? 한날한시에 열기로 약속해 놓고, 이러면 안 돼죠."

미라의 말에 서연이 조금 서운한 듯 말했다.

"어차피 타임캡슐 가방을 지혜 쌤이 들고 계셨는데, 읽으려고 마음먹으면 언제든 읽으실 수 있는 거잖아? 요즘 어떻게 지냈는지 근황 토크부터 하자. 우리 일 년 만이잖아. 선생님은 여전히 북 테라피 활동을 하고 계시죠?"

솔희가 분위기 전환을 시도했다.

"나야 뭐 똑같지. 너희들 지도한 실적 덕분에 시작한 위기 학생 전문 장학사 활동도 벌써 5년을 꽉 채웠어."

"어때요? 힘들지 않으세요?

서연이는 언제 그랬냐는 듯 서운한 마음을 거두고 밝은 표정으로 돌아와 물었다.

"어떤 아이들이든 처음에 마음 열 때까진 어려워. 너희들이 그랬던 것처럼."

"그 마음 알죠. '책 따위가 내 상황을 어떻게 변화시킨다고 그래?'라고 생각하며 반발심과 경계심으로 온몸을 꽁꽁 싸매고 있을 거예요."

승윤의 말에 모두 공감한 듯 고개를 끄덕였다. 솔희도 엷은 미소를 보였다.

"그런데, 거짓말처럼 똑같아."

"뭐가요?"

이번에는 도현이가 미라의 대답을 재촉하듯 물었다.

"북 테라피를 반복하며 믿고 기다리면 누구든 마음을 열어주거든. 마음을 연 아이들 내면의 밝고 고운 아이를 만나면 내 마음속에도 별이 반짝이는 기분이야. 책을 통해 이런 감정, 이런 상황을 겪은 게 나뿐만이 아니라는 걸 알게 되면 아이들은 깊은 위로를 받고 용기를 내니까."

위미라의 말을 들으며 자신의 지난날을 생각하는 듯한 표정의 서연이가 입을 열었다.

"맞아요, 선생님. 열다섯 살, 옥상책빛 모임 할 때 저도 그랬어요. 다시 책을 읽어야겠어요. 요즘 마음이 헛헛하거든요."

“무슨 일 있어?”

솔희가 물었다.

“특별한 일이 있었던 건 아닌데, 아이 둘 초등학교에 입학시키고 돌아보니 내 30대가 다 갔더라. 이렇게 마흔이 금방 올 줄 몰랐어. 옥상책빛했던 그때 우리 부모님이 40대 초반이셨거든. 내가 벌써 그 나이가 되었다니, 인생이 너무 짧은 것 같아. 돌아보니 이룬 것도 없고, 내가 별 가치 없는 사람처럼 느껴져.”

“이룬 게 없다니, 예쁜 가정도 만들었고, 아이를 둘씩이나 낳아 잘 키우고 있잖아.”

솔희가 서연의 어깨를 두드렸다.

“내가 너무 칭얼거렸지? 다른 사람들은 어떻게 지냈어?”

서연에 이어 승윤이가 근황을 이어갔다.

“다들 비슷하게 사는 거지 뭐. 최근에 아버지가 돌아가셨어.”

“뭐? 그 얘기를 왜 이제 해? 통화할 때는 그런 기색도 보이지 않더니….”

서진의 목소리에 서운함이 가득했다.

“그런 큰일은 당연히 우리한테 공유해야 하잖아. 장례 치르느라 고생했겠다.”

도현도 마찬가지였다.

"마음이 복잡했어. 우리 엄마랑 아빠, 내가 이혼하도록 도운 거나 마찬가지였잖아. 보기 싫어서 연락 딱 끊고 살았는데, 늙고 아프니 다른 사람이 됐더라. 마르고 약해져 불쌍했어. 나쁜 사람이었는데 불쌍하게 느껴지니 혼란스러웠어. 아이들 할아버지가 돌아가셨으니 아이들도 장례식에 데리고 가야 하는데, 발이 쉽게 떨어지지 않았어. 마음 정리할 시간도 필요했고. 늦게 말해서 미안해."

"아니야. 그런 게 아니라, 힘들 때 힘이 돼주고 싶은데 그러지 못해서 미안한 거지. 마음고생 많았겠어."

서진이가 말했다.

"이제 괜찮아. 네 근황은 TV로 확인해야 해?"

승윤이가 대화 순서를 서진에게 넘길 때 서빙 로봇이 도착했다. 주문자의 좌석 번호를 정확히 찾아가 음료를 전달하는 동안 서진의 말이 이어졌다.

"요즘 고민이 많아. 모델로서 포지셔닝을 다시 해야 하는데, 잘 모르겠어. 결혼해서 단란하게 사는 너희들 보니까 나도 이제 결혼할까 싶기도 하고…. 제자리를 맴도는 느낌이야. 삶에 변화를 주고 싶은데, 어떻게 해야 할지 잘 모르겠어."

"야, 너, 꼭 결혼해라. 이 행복을 너와 공유하지 못해 너무 아쉬워."

도현이가 반어적인 말투로 말했다.

"최도현, 진심 맞아? 악의 구렁텅이에 끌어들이는 사람 같잖아."

"진심이거든. 넌 안 행복해? 난 무지 행복한데."

서연과 도현의 대화에 승윤도 무슨 뜻인지 안다는 듯 웃었다.

"솔희는 어디 갔어?"

도현이가 말했다.

"어? 좀 전에 전화 받으면서 나가던데? 솔희 올 때까지 최도현, 네 이야기 좀 해봐."

"가을에 필리핀에서 한 달 동안 일했어. 재한필리핀협회와 연계해서 진행하는 일이 있었거든. 내 도움이 필요한 사람은 많은데 월급은 안 오르고…, 사회 복지사 일이라는 게 그렇잖아. 난 뭐 그냥 그렇게 지내고 있어. 별일 없이."

"별일 없이 사는 게 제일 행복한 거지."

도현의 말에 승윤이가 받아쳤다.

"그렇지? 솔희 왔다. 박솔희, 어떻게 지냈어?"

솔희가 말하려던 찰나, 화장실에 다녀온 위미라가 분위기를 파악하지 못하고 말을 가로챘다.

"자자, 우리 오늘 타임캡슐 속 일기 다 열어봐야 하잖아? 어서 시작하자. 솔희가 하나씩 꺼내서 일기 주인한테 전해줄래?"

"네? 네, 선생님."

솔희는 도현의 말에 대답하려던 것을 멈추고 자기 앞에 놓인 타임캡슐 가방의 첫 번째 칸에 여러 번 접어 넣은 일기를 집어 들었다.

"이거 딱 봐도 서연이 글씨네."

솔희가 일기를 서연에게 넘겼다.

"맞아, 열다섯 살 내 생일에 쓴 일기야. 뭐라고 썼을까? 긴장되네."

"어서 읽어봐."

자리에 모인 모두의 눈이 일기를 열어보는 서연에게 집중되었다. 서연이가 일기를 읽는 동안은, 마치 2024년 행복동 그날의 옥상으로 돌아간 듯 제각기 자신의 열다섯 시절을 불러내는 시간이었다.

1장

2024년, 어느 운수 좋은 날

1. 옥상 위의 생일빵

서연 _ 2024년 4월 *일

눈을 찌를 듯 비추는 햇살 때문에 잠에서 깼다. 핸드폰 쪽으로 손을 가져가니 돈이 잡혔다. 몽롱하던 정신이 번쩍 들었다.

우리 딸, 생일 축하해. 이건 아빠가 따로 주는 용돈이니까 엄마한테는 비밀!

역시 아빠는 센스가 있다. 돈을 얼른 챙기고 또 다른 메시지를 확인했다.

오늘 우리 집 비어. 12시에 버스 정류장에서 만나. 111번 버스 타고, 어디서 내려야 하는지 알지?

승윤이가 서프라이즈 생파를 준비할 건가 보다. 어른들이 없는 집에서 남자친구와 생파라니! 놀이공원에 갈 때처럼 좋아서 발을 동동 굴렀다. 씻고 나와 거울 앞에 앉아서 파우치 안에 있는 화장품을 모조리 꺼냈다. 파우더 팩트를 톡톡 두드려 바르고, 어제 짝꿍에게 선물받은 블러셔도 개시했다. 틴트를 입술에 바른 다음 집을 나섰다.

111번 버스 정류장에서 승윤이가 기다리고 있었다. 승윤이를 따라 걸으니 한적한 골목으로 들어섰다. 지금껏 아파트에서만 살았기 때문에 오래된 단층 주택이 다닥다닥 붙어 있는 동네 풍경이 낯설고 신기했다.

“신발은 방에 가지고 들어가자.”

나는 영문을 몰랐지만, 승윤이가 시키는 대로 신발을 들고 집 안으로 들어갔다. 고깔모자를 쓴 서진이와 도현이가 케이크에 꽂은 초에 불을 붙이고 있었다. 나는 세 사람의 축하를 받으며 촛불을 껐다. 서진이가 가져온 무알콜 샴페인도 터뜨렸다.

“어떻게 이런 것까지 준비했어?”

“승윤이 여친 생일이라는데, 이 정도 센스는 발휘해야지?”

서진이가 어깨를 으쓱하며 말했다. 승윤이가 선물을 건넸다. 갖고 싶었던 브랜드의 맨투맨 티셔츠와 바지였다. 모든 게 완벽한 열다섯 생일이었다. 그 사건이 벌어지기 전까지만 해도 말이다.

"딸깍."

대문 열리는 소리가 들렸다. 우리는 동시에 얼어붙었다.

"창문으로 나가면 옥상 가는 계단이 있어. 일단 신발 들고 옥상으로 가자."

승윤이, 서진이, 도현이는 담배를 피우다가 승윤이 엄마한테 들켜서 눈 밖에 났다고 한다. 나는 몰래 데리고 온 여자친구다. 도망가는 게 상책이었다.

우리는 도둑고양이처럼 조용히 옥상으로 올라갔다. 그런데 시간이 지나도 승윤이 엄마는 집에서 나오지 않으셨다. 승윤이가 결심한 듯 말했다.

"옆집으로 넘어가자."

눈 깜짝할 사이에 도현이와 서진이가 옆집 옥상으로 넘어갔다.

"겁내지 말고 넘어와. 옆집이랑 우리 집 옥상이 바짝 붙어 있어. 괜찮아."

승윤이도 뛰어갔다. 나는 어쩔 줄 몰라 발을 동동 굴렀다.

"아래 보지 말고 다리 한쪽만 여기로 넘겨봐, 내가 잡을게."

다리 한쪽을 넘기자 몸이 쓰러지듯 옆집으로 넘어갔다. 이제 살았구나 싶었다. 그런데 서진이와 도현이는 그새 같은 방식으로 또 다른 옆집 옥상으로 넘어가고 있었다.

"한 번 더 넘어가야 돼. 저 집 1층으로 내려가면 탈출하기 쉬운 곳이 있어."

나는 숨을 크게 내쉬었다. 한 번 더 옥상을 넘으려던 순간이었다.

"거기 스톱."

날카로운 목소리가 들리는 곳으로 몸을 돌렸다. 웬 여자가 옥상으로 올라왔다. 승윤이 옆집 주인인 것 같았다. 나는 여자의 경고를 무시하고 남자애들이 있는 곳으로 갈 생각이었다.

"거기 남자 셋, 이쪽으로 넘어와."

자기보다 덩치 큰 남자가 셋이고, 나도 작지 않은데, 무슨 깡으로 우릴 부르는지 어이가 없었다. 그런데 승윤, 서진, 도현이는 저쪽으로 넘어가겠다는 내 눈빛을 무시하고 뭔가에 홀린 듯 이쪽으로 다시 넘어왔다.

"앉아."

여자는 우리에게 계속 명령하듯 반말을 했다. 승윤, 서진, 도현은 우리 학교에서 나름 유명한 애들이다. 무서울 게 없는 녀석들이 저 여자 앞에서는 이상하게 고분고분했다. 남자애들이, 시키지도

앉았는데 꿇어앉았다. 나는 어떻게 앉아야 할지 몰라 주춤거리며 여자를 쳐다보았다. 여자의 눈과 내 눈이 마주쳤다.

1초, 2초, 3초.

결국 나도 승윤이 옆에 가서 꿇어앉았다. 저쪽에 널브러진 내 선물이 신경 쓰였다. 가서 옷이라도 챙겨 오고 싶었다. 여자는 눈에서 강렬한 레이저를 뿜어내며 우리 얼굴을 차례대로 훑어보았다. 옷이 삐죽 나온 쇼핑백과 옥상 구석의 담배꽁초까지 바라본 여자가 입을 열었다.

"반복적 주거 침입에 절도까지, 너희 죄가 보통 아닌 거 알지?"

나는 승윤이를 쳐다보았다. 남자애들은 바닥만 보고 있었다.

"요즘 이상하다 싶었거든. 자꾸 옥상에 담배꽁초가 생기고, 옥상에 널어둔 옷 중에 내 옷만 없어지고…, 분명히 도둑고양이가 든 거라고 생각했는데, 오늘 드디어 잡았네."

헉, 뭐라고? 승윤이가 준 옷이 훔친 거라고? 여자는 다시 한번 우리를 쏘아보았다.

"어느 학교 몇 학년 몇 반이야? 왼쪽부터 말해."

남자애들은 모두 거짓말로 대답했다. 나도 남자애들을 따라 태양여중 2학년 4반 서서영이라고 거짓말했다. 여자는 내 눈을 뚫어질 듯 쳐다보았다. 정적이 흘렀다. 여자와 눈을 마주치고 있는 게 부담스러워 고개를 떨구었다. 여자는 말이 없었다. 무슨 꿍꿍이인 걸까? 궁금해서 고개를 슬며시 들었다. 여자는 한 번 더 나를 노려보며 말했다.

"서서영? 내가 태양여중 2학년 4반 담임인데, 어디서 거짓말이야? 이것들이 전부 다 거짓말이구나? 죄목 하나 더 늘기 전에 똑바로 말해!"

귓가에 천둥이 친 것 같았다. 번개를 맞은 듯 등골이 오싹했다. 이게 말이 돼? 하필이면 저 여자가 그 학교 그 반의 담임이라니, 믿을 수 없었다. 내 인생 최악의 생일이다. 저 여자보다 두 배나 큰 남자애들이 귀신 앞에 선 것처럼 두려워했다.

"초원중학교 2학년 4반 박서진이요."

아이들은 이제는 사실대로 말했다.

"이제 너, 여학생."

여자는 눈도 깜빡하지 않고 내 눈을 쏘아보았다. 나는 궁금했다. 정말 저 여자가 태양여중 2학년 4반 담임일까? 우리를 겁주려고 거짓말한 건 아닐까? 아, 모르겠다. 망했다. 이대로 세상이 멈췄으면 좋겠다.

"저, 초원중학교, 2학년 8반, 서서연…."

여자가 묘한 웃음을 흘렸다. 이번에는 사실대로 말했는데, 저 표정은 또 뭐지? 이상한 여자다.

"담임 선생님 이름이 뭐야?"

아니, 우리 담임 이름은 왜? 나는 담임 선생님 성까지만 말하고 침을 꼴깍 삼켰다.

"위미라?"

여자 입에서 우리 담임 이름이 나왔다. 나는 놀란 토끼처럼 눈을 치켜떴다. 여자는 승리의 미소를 지었다. 휴대폰을 들어 어딘가에 전화를 걸더니, 스피커를 켰다. 상대방이 전화를 받았다.

"미라야, 너희 반에 서서연이라고 있지?"

"네가 그걸 어떻게 알아?"

헉, 진짜 우리 담임이다. 세상에, 이건 꿈이다. 여자는 위미라 쌤에게 우리가 왜 자기네 집 옥상에 있는지 설명했다. 우리를 경찰서로 넘긴다고?

"안 돼요!"

내가 소리쳤다.

"서서연, 너 거기 꼼짝 말고 있어. 김승윤, 최도현, 박서진도 마찬가지야."

위미라 쌤 목소리가 수화기에서 흘러나왔다.

10분 뒤 담임이 도착했다. 승윤이는 우리 담임 앞에서 그동안 저

지른 죄를 술술 다 털어놓았다.

"선생님, 학교 가서 주시는 벌 전부 다 받을게요. 제발 부모님께는 말하지 말아주세요. 특히 서연이 부모님께는요. 오늘 서연이 생일이에요."

승윤이가 위미라 쌤께 손을 비비며 싹싹 빌었다. 우리 담임 쌤과 여자는 저쪽으로 가서 비밀 대화를 나누더니 우리 앞에 와서 말했다. 여자의 눈빛은 아까보다 부드러워져 있었다.

"한 번 더 이런 일 있으면 그땐 곧장 경찰 부르고, 너희 부모님도 여기로 다 오셔야 할 거야. 이번엔 위미라 선생님께서 주시는 벌 받아."

우리는 긴장이 풀려 꿇어앉은 다리를 풀고, 안도의 한숨을 내쉬었다.

"내가 무슨 벌을 줄 줄 알고 안심하는 거야?"

우리는 멀뚱거리며 서로를 쳐다보았다.

"무, 무슨 벌이에요?"

최도현이 물어보았다.

"내가 정해주는 책을 읽고 같이 독서 토론을 하는 거야. 한 달에 한 권씩, 세 번 할 거야."

내가 깜빡 잊고 있었다, 우리 담임 독특한 거. 아 씨, 무슨 독서 토론이야.

“서서연? 너 속으로 내 욕하고 있지? 부모님께 연락드릴까?”

나는 화들짝 놀라 얼굴이 붉어졌다. 나는 손사래를 치며 열심히 하겠다고 말했다. 남자애들도 고개를 끄덕이며 선생님 말씀을 따르겠다고 약속했다. 우리는 옥상에서 내려와 그 집 대문을 열고 밖으로 나왔다. 승윤이 집에서 멀리 떨어진 곳까지 쉬지 않고 내달렸다. 승윤이가 미안하다고 말했지만 꼴도 보기 싫었다. 이 일을 다른 여자애들이 알면 얼마나 고소하게 여길까? 오늘로 승윤이와 나의 연애는 끝이다.

그런데 쟤들과 담임이랑 독서 토론? 그것도 세 번이나? 아니다. 그 여자가 우리 담임의 친구가 아니었다면 경찰서에 갔을지도 모르는데, 그건 생각만 해도 끔찍하다. 어떻게 보면 오늘은 운이 좋은 날이다.

2. 운수 좋은 아이들

지혜 쌤 _ 2024년 4월 *일

"이상하네, 정말."

옥상에서 내려온 엄마가 계속 고개를 갸우뚱하며 말했다.

"요즘 날이 좋아서 옥상에 빨래를 좀 널었거든. 저번에 네 옷 하나가 없어진 것 같더니, 이번에도 그래. 분명히 체리 그려진 티셔츠를 널었거든."

그러고 보니 최근에 새로 산 바지 하나가 보이지 않았다.

"엄마, 맞아. 사서 한 번 입고 빨래통에 넣은 내 바지도 안 보여."

"그렇지?"

"아니, 누가 옥상까지 와서 남의 빨래를 훔쳐 가는 거야? 왜?"

"이제 빨래 건조기를 사야 할 때인가 봐."

"내가 진작부터 사자고 했잖아. 햇볕에 말리는 빨래가 최고라더니. 좀도둑 때문에 건조기 사게 생겼군.”

“그런데 지혜야. 옥상에 담배꽁초가 계속 생겨.”

“응? 그건 또 무슨 소리야? 우리 집에서 누가 담배를 피운다고?”

“그러니까 이상하다는 거야. 도둑이 옥상에서 담배를 피우고 옷을 훔쳐 갔다? 그것도 네 옷만?”

“어? 엄마 잠깐. 무슨 소리 못 들었어?”

“무슨?”

쿵쿵쿵쿵. 옥상에서 발소리가 들렸다. 나는 슬리퍼가 짝짝이인 줄도 모르고 아무거나 발에 닿는 대로 꿰어 신고 옥상을 향해 냅다 뛰었다. 엄마가 말한 도둑이 분명하다.

남자 셋, 여자 하나, 간 큰 녀석들이 우리 집 옥상을 징검다리 삼아 다른 집 옥상으로 넘어가려 하고 있었다. 아니, 이미 남자 셋은 넘어가 있었고 남자아이들의 속도를 따라가지 못한 여자아이만 우리 집 옥상에 남아 있었다.

“거기, 스톱!”

아이들은 얼음이 되었다. 나는 이미 아이들 스캔을 끝냈다. 매일 저런 아이들을 학교에서 보기 때문에 보통의 어른들은 분간하기 어려운—이를테면 초6과 중1, 중3과 고1 등으로—나이를 직감적으로 알아낼 수 있다. 과하게 바른 파우더 팩트와 농도 조절에 실패한 볼 터치, 동동 뜬 입술, 저 여자애는 중2일 것이다. 키만 멀쑥하게 컸지 근육이 붙지 않은 호리호리한 신체, 아직 매일 면도를 해야 할 정도는 아니지만 인중이 거뭇거뭇한 녀석들. 남자아이들도 중2일 가능성이 높다.

우리 집 옥상으로 넘어온 아이들이 자발적으로 바닥에 꿇어앉았다. 지은 죄가 있긴 한가 보다. 알아서 죄인처럼 앉는 걸 보니.

'요 녀석들이구나. 담배는 남자애들이 자주 와서 피운 것 같고. 옷은 가져다가 여자애 줬나 보네?'

사건 파악 종료. 이미 내 머리는 요 녀석들이 어떻게 하면 다시는 그런 행동을 하지 않을지 방법을 찾느라 바쁘게 움직였다.

"어느 학교 몇 학년 몇 반이야?"

시간을 끌기 위해서 내 입에서 나온 말이었다. 이것은 직업병이다. 밖에서 만난 모르는 중2에게 이런 질문을 하는 사람은 백 퍼센트 교사다.

여자아이가 마지막으로 이름과 학교를 말했다. 촉수를 곤두세웠다. 이 아이들은 전부 내게 거짓말을 하고 있다. 나는 태양여중과 가까운 곳에 위치한 푸른여중 2학년 담임교사다. 감을 믿고 나도 배포 크게 거짓말을 날렸다.

"내가 태양여중 2학년 4반 담임이야. 이것들이 전부 다 거짓말이네? 다시 똑바로 말해!"

심장이 쿵쾅댔다. 정말 태양여중 2학년 4반이 맞다면 저 서서영이라는 아이는 나를 얼마나 얕잡아볼 것인가?

서서영이 바짝 긴장한 게 느껴졌다. 그럼 그렇지. 여자아이는 자세를 고쳐 잡고 이제는 사실로 추측되는 말을 하고 있었다.

'뭐? 초원중학교? 미라가 초원중학교 2학년 담임이잖아?'

나는 설마, 하며 서서연에게 담임 이름을 물었다.

"위…."

'뭐? 위 씨라고?'

대한민국에 '위' 씨 성을 가진 사람은 흔치 않다. 서서연은 내 친구 위미라가 맡은 반 아이인 것이다. 오늘 서서연은 운이 무척 좋은 날이다. 우리 집 옥상에 침입했으니 망정이지, 다른 집 옥상에서 걸렸더라면 벌써 경찰차가 문 앞에 와 있을 것이다.

서서연의 담임 선생님이자, 옥상에 상습 무단 침입한 녀석들의 국어 선생님인 미라가 우리 집으로 와서 이 일을 해결하기로 했다. 자세히 말하지 않았지만 우리는 서로 마음이 통했다. 아이들을 가르치는 내가 이 녀석들을 경찰서로 넘기고 싶어 할 리 없다는 것을 미라도 알 것이다. 미라가 우리 집으로 운전해 오는 동안 나는 녀석들에게 어떤 벌을 주어야 교육적일지 고민했다.

'그래, 그거지!'

미라에게 메시지를 보냈다.

미라는 옥상으로 올라오며 내게 눈인사를 했다. 나도 미라를 보며 고개를 끄덕였다. 초원중 유명 인사들은 낯선 공간에서 낯익은 선생님을 만난 게 민망한지 고개를 들지 못했다. 마음에도 없는 미라의 엄포에 아이들은 겁을 먹었다. 아이들의 아킬레스건은 부모님이었다. 어떤 벌도 달게 받을 테니 부모님께는 비밀로 해달라는 것이다. 이미 나와 미라는 이 녀석들에게 한 번의 기회를 주기로 합의를 본 참이었다.

독서 토론이라는 미라의 말에, 아이들은 '차라리 경찰서로 갈걸 그랬나?' 하고 후회하는 표정이었다. 아이들이 한 달에 한 번씩, 세 번에 걸친 독서 토론에 제대로 참여할까?

독서 토론 장소는 우리 집 옥상이다. 죄지은 장소에 돌아와 다시는 그런 어리석은 짓을 하지 말아야겠다고 생각하길 바랐다. 어떤 책을 함께 읽어볼까? 다시 볼 일 없을 것이라고 생각한 내가 나타나면 아이들은 어떤 표정일까?

나는 3년간 푸른여중 생활지도부 징계 업무를 맡으며 회복적 생활 교육 프로그램을 만들었다.

"그런 아이들에게 교내 선도나 외부기관 연계 선도 대신 독서 토론을 한다니, 그게 통할까요?"

주위 선생님들의 반응은 별로 좋지 않았다. 하지만 나는 '그런 아이들'을 내가 맡을 테니 한번 지켜봐 달라고 했다. 세상에 처음부터 '그런 아이들'은 없다는 믿음으로 밀어붙인 일이었다. 그리고 아이들은 내 믿음을 저버리지 않았다. 학교생활 부적응자였던 '그런 아이들'이 눈에 띄게 변했다. 오늘 우리 집 옥상에서 초원중학교의 '그런 아이들'을 만난 것도 운명일 것이다.

아! 첫 책으로 현진건의 『운수 좋은 날』을 읽어볼까? 아이들은 김 첨지의 쓸쓸한 이야기를 읽으며 무슨 생각을 할까? 자기네들이 정말로 '운이 좋은 아이들'이라는 것을 알게 되면 좋겠다.

우리 집을 드나들던 도둑고양이도 잡고, 네 영혼의 마음에 예쁜 싹 하나를 틔울 수 있게 되었다. 오늘은 정말 운수 좋은 날이다.

Time capsule

2장

| 옥상책빛1 | 운수 좋은 날

서서연은 25년 전 자신의 일기를 읽고 뒤로 넘어갈 듯 웃었다.

"난 지금도 그날만 생각하면 귀에서 천둥소리가 들리는 것 같다니까. 어떻게 그런 우연이 있을 수 있지?"

"인연이 되려고 그랬겠지."

박솔희가 말했다.

"곽지혜 선생님도 거짓말이 들통날까 봐 긴장했다니, 너무 웃기지 않니? 나중에 태양여중이 아니라 푸른여중 선생님인 거 알고 어이가 없었다니까."

"지혜가 좀 남다른 교사였지?"

위미라가 싱긋 웃으며 말했다.

"다음 일기는 승윤이 거야."

솔희가 다음 칸에 담긴 일기를 꺼내 펼쳐 들며 말했다.

"김승윤, 어서 읽어봐. 궁금하다, 열다섯 김승윤. 그때 서연이 좋다고 졸졸 쫓아다녔잖아."

"너희들 정말, 그 얘기 언제까지 우려먹을 거야?"

승윤의 얼굴이 벌게졌다.

"서서연한테 차이고 눈물 콧물 짜면서 매달리고."

서진도 덧붙였다. 서연은 난처한 듯 솔희를 보며 딴청을 피웠다.

"자, 자, 장난 그만하고, 승윤이 일기 빨리 보자고."

위미라가 당황한 승윤을 구해주었다. 승윤은 목소리를 가다듬고 25년 전으로 돌아갔다.

1. 아빠를 신고하고 싶다

승윤 _ 2024년 4월 *일

옥상에서 한바탕 소동 후 집에 들어왔다. 엄마는 여전히 집에 계셨다. 결혼기념일이라고 모처럼 아빠와 데이트하러 나갔던 엄마가 내게 등만 보이며 말끝을 흐렸다. 목소리가 이상했다. 나는 엄마 어깨를 붙잡고 내 쪽으로 홱 돌렸다.

엄마 이마에 핏자국이 보였다. 나는 얼른 거실로 달려가 구급 약품함을 찾았다. 솜에 알코올을 적셔 피부터 닦아냈다. 웬일인지 기분 좋고 나정하게 나가더니, 또 뭐가 마음에 안 들어서 엄마에게 손찌검을 했는지, 울분이 차올랐다.

아빠라고 부르기조차 싫은 짐승 같은 새끼. 그 피를 물려받아 내 키와 덩치가 나날이 커지고 있지만, 아직 엄마를 때리는 아빠를 이길 수 없다. 몇 번 엄마 앞을 막아섰지만, 나의 그런 행동이 아빠의

화를 더 키웠다.

어리고 힘이 없는 내가 싫다. 맞고 있는 엄마를 보며 아무것도 할 수 없어 무력하다. 내가 태어나지 않았더라면, 그래도 엄마는 아빠와 살았을까? 매를 맞으며? 생각이 여기에 미치면 내가 싫다. 엄마가 불쌍해, 얼굴을 보는 것도 힘들다. 가끔 거친 손이 나와 동생을 향하기도 한다. 엄마는 필사적으로 아빠로부터 우리를 막으려 한다. 엄마와 나와 동생은 서로 끌어안고 아빠의 분노가 끝나기만 기다린다. 나는 엄마가 혼자 맞는 걸 보는 것보다는 같이 맞는 게 더 낫다. 엄마가 덜 무서울 테니까.

술에 취해 들어온 아빠 때문에 한바탕 집이 뒤집혔다. 아빠는 소리가 나지 않게 때리는 기술을 가지고 있다. 저런 인간이 대한민국 육군 준위라니, 우리나라 국방 상태도 알 만하다. 한바탕 소란을 피우며 분풀이를 끝낸 아빠는 곧바로 잠이 들었다.

엄마한테 제발 아빠를 신고하자고 설득했다. 그동안 엄마는 일을 해보려고 시도했지만, 아빠한테 번번이 들켜서 결국 아무것도 못하게 됐다고 했다. 아빠가 없으면 먹고살 방법이 없으니 엄마가 조금 더 참겠다고 하셨다. 어떻게 해야 할까? 숨이 콱 막힌다.

2. 헤어진 여자친구 잡는 방법

승윤 _ 2024년*4월

위미라가 방송으로 나와 서진이, 도현이, 서연이를 불렀다. 독서 토론을 못하겠다고 하면 우리 담임한테 지난 주말 일을 다 꼰지를 것이다. 일단 이번 일은 조용히 넘기는 게 상책이다.

"주말 잘 보냈어?"

참나, 어이가 없다. 자기가 우리라면 잘 보냈다고 말할 수 있을까? 세상 천진난만하고 밝은 얼굴로 말하는 위미라다. 과연 우리 학교에서 가장 독특한 선생이다.

우리 사이에서 위미라의 별명은 '낄빠'다. 우리처럼 노는 애들이랑 그렇게 친해지고 싶어 한다. 자꾸 낄 곳이 아닌 데 끼어들어와 빠질 때 빠지지 않고 질척대며 친한 척을 한다. 일부러 댄스 동아리를 맡았다는 소문도 있다. 댄스 동아리는 학교에서 좀 논다고 하는 아이들이 모이는 곳이다. 건전하게 분노를 표출할 수 있는 유일한 동아리기 때문에 누가 그 동아리에 들어올지 알 만한 사람은 다 안다. 그러니 선생님들도 담당을 피할 수밖에. 그런데 저 위미라는 그런 댄스 동아리를 자처해서 맡았다고 한다.

낄빠가 차를 한 잔씩 준다고 했다. 나는 믹스 커피를 먹겠다고 말했다. 커피 맛도 모르는 어린애들인 최도현과 박서진이 비웃었다. 서연이는 코코아를 먹겠다고 말했다. 나도 코코아 마신다고 할 걸 그랬나? 연인은 같은 곳을 바라보는 거라던데.

낄빠가 책상에서 얇은 책 몇 권을 꺼내 왔다. 책을 받아 든 도현이 키득키득 웃었다.

"이거 뭐예요? 운수 좋은 날? 무슨 제목이 이래요? 로또 당첨된 이야기예요?"

위미라는 도현의 반응을 가뿐히 무시하고 준비한 말을 시작했다.

"첫 독서 모임은 2주 뒤야. 책이 얇아서 마음먹으면 너희도 한 시간 안에 거뜬히 읽을 수 있을 거야. 책 읽을 시간 없으면 말해. 동아리 시간에 댄스 대신 독서 하도록 허락해 줄게."

나는 손으로 책을 만지작거렸다. 책을 마지막으로 손에 쥐어본 게 언제였던가. 교과서 말고 이런 책은 정말 오랜만이다. 빳빳한 게 새 책인가 보다. 위미라는 우리에게 벌을 제대로 주려고 자기 돈을 들여 새 책까지 산 것이다.

“독서 모임 빠지면 어떻게 돼요?”

서진이가 물었다.

“그걸 몰라서 물어? 너희가 잘못한 일에 합당한 벌을 받는 거지. 선택은 각자가 하는 거야. 2주 뒤 토요일 오후 1시 30분, 학교 정문 앞에서 만나. 니들 연락처는 내가 다 접수했어. 그날 안 나타나면 곧바로 너희들 담임 선생님께 전화 드릴 거야. 그럼 담임 선생님이 부모님께 전화로 그날 일을 다 말씀하시겠지?”

한숨이 나왔다.

“책만 읽어 오면 돼요? 시험 치는 거 아니죠?”

최도현 말에 위미라가 빵 터지며 웃었다.

“시험 아니야. 읽으면서 마음에 와닿는 문장에 밑줄 그어 와. 좋은 문장이든 불편한 문장이든 마음이 딱 머무는 곳 말이야. 왜 밑줄 그었는지 생각까지 해오면 좋고, 이유를 말로 표현하기 어려우면 그냥 와도 돼. 아무튼 안 읽고 오면 나한테 곧바로 들통날 거야. 그럼 알지?”

위미라는 전화 거는 시늉을 하며 우리를 협박했다. 우리는 모두 부모님께 연락하는 걸 가장 두려워했다.

차를 다 마시고 교무실에서 터덜터덜 나왔다. 그래, 읽자. 읽으면 되지. 영어도 아니고 한글인데, 글자 읽고 밑줄 긋는 거 뭐, 나도 할 수 있다. 그런데 서연이가 내게 인사도 하지 않고 자기 교실로 가려고 했다. 나는 달아나려는 서연이를 불러 세우곤 가까이 다가가 물었다.

"서연아, 그날 집에 잘 들어갔어? 톡 보내도 답이 없어서."

"너 때문에 훔친 옷 입고 다닐 뻔했어. 그날 너랑 나랑 끝난 거 몰랐어? 이제 연락하지 마. 독서 모임 때도 아는 척하지 마."

우르르 쾅쾅, 천둥이 쳤다. 서연이는 자기 할 말만 하고 뛰어갔다. 나는 그대로 얼음이 되었다. 뭐지? 차인 건가? 이제 어떻게 해야 하지?

그때 내 어깨를 잡는 따뜻한 온기가 느껴졌다. 옆을 보니 서진이와 도현이가 와 있었다.

"서서연 제법인데? 다른 사람 같아."

"들었어?"

"옆에 있었는데, 당연히 들었지."

"옆에 있었어?"

"응."

"언제부터?"

"아까부터. 쭉."

아, 쪽팔려. 여친도 없다고 놀렸는데, 이 녀석들한테 굴욕적인 순간을 모두 다 보여주었다. 이제 뭘로 가오를 잡냔 말이다.

"서서연 인기 많잖아. 너 까인 거 소문나면 남자애들이 줄 서서 대시하겠어. 1반 오대한 알지? 걔가 서서연 좋아한다던데."

오대한은 초등학교 때부터 내 숙적이다. 서연이를 그놈한테 뺏길 순 없다. 무슨 수를 써봐야겠다.

집에 와서 서연이에게 톡을 보냈다. 읽씹이었다. 전화를 걸어도 받지 않았다. 슬픈 예감이 밀려왔다. 정신을 차리고 인터넷 검색을 시작했다. '지식인'에게 물었다.

Q) 헤어진 여자친구 잡는 법을 알려주세요.

A) 헤어진 여자친구분과 연락을 안 하고 계신 상태라면 조금 조심스럽게 접근하셔야겠네요. 어설프게 연락하다가 여자친구분께서 님이 집착하고 매달리는 걸로 생각하게 된다면 오히려 더욱 질려하고 떠나기 쉽상입니다.

집착하고 매달리는 거? 지금 내 모습이 그렇게 보이는 거야? 나는 뜨악했다. 그런데 쉽상? 에이 씨. 중딩이 썼네. 나는 저런 맞춤법은 안 틀리는데. 이 쉽상아!

다른 지식인에게 물어보았다.

Q) 여친에게 차였을 때 대처법을 알려주세요.

A) 이유부터 알아보세요. 자신에게 원인이 있다면 그 원인을 고치겠다고 맹세하세요. 그게 아니라 다른 남자가 생긴 것이라면 깨끗하게 잊고 머릿속을 비운 다음 외쳐보세요. "이제 나는 솔로다!"

"이 자식도 중딩이네. '이제 나는 솔로다'가 뭐야? 아, 나한테 원인이 있는 건 맞는데, 어떻게 마음을 풀어주지? 어휴 모르겠다."

침대에 벌러덩 누웠다. 학교에서 돌아오자마자 아무렇게나 던져둔 물건이 손에 잡혔다.

"새침하게 흐린 품이 눈이 올 듯하더니 눈은 아니 오고 얼다가 만 비가 추적추적 내리는 날이었다. 이날이야말로 동소문 안에서 인력거꾼 노릇을 하는 김 첨지에게는 오래간만에도 닥친 운수 좋은 날이었다.”

책 첫 구절을 소리 내 읽어보았다.

“인력거꾼?”

어디서 들어본 듯한 말이었다. 폰을 집어 들고 검색해 보았다.

“음? 매일 이 일을 한다고? 그런 사람에게 운수 좋은 날이라니…?”

시작부터 알쏭달쏭했다. 김 첨지는 정말 운수 좋은 날을 만날까? 왜 내 기분이 불안한 거지? 알 수 없는 기분이 무엇 때문인지 생각해 보았다.

초등학교 때 아빠 휴가라 경복궁에 여행 간 날이었다. 인력거를 타고 경복궁 주위를 도는 체험이 있었다. 인력거를 타보고 싶어 아빠를 졸랐다. 아빠가 인력거를 운전하고, 뒤에는 엄마랑 나, 동윤이가 타고 신나게 한 바퀴 돌고 돌아왔는데, 아빠가 미리 예약해 둔 경복궁 가이드 투어 시간이 지나버렸다. 아빠 말곤 아무도 그런 걸 예약한 줄도 몰랐다. 그늘에 앉아 다음 가이드 투어 시간까지 기다렸다. 덕분에 나머지 일정이 쭉쭉 어긋났고, 아빠는 짜증을 냈다. 식당에서도 작은 흠을 트집 잡으며 주인에게 화를 내 부끄럽고 민망했다. 아빠의 짜증은 다음 날도 멈추질 않았다. 전날 우리를 태우고 혼자 인력거를 운전해서 다리가 뭉쳤다며 화를 냈다. 그때부터였다. 연례행사 같던 아빠의 폭력이 일상이 된 게. 내가 인력거를 태워달라고 하지 않았다면…. 하필 그날은 내 생일이었다.

"시작부터 뭐 이런 내용이야. 에이 씨."

나는 책을 집어 던졌다. 역시 독서 모임은 무리다. 한 시간이면 거뜬히 읽을 수 있는 책이라 해도 나는 한 줄도 더 읽지 못하겠다. 겨우 한 줄 읽었을 뿐인데 땅속에 묻혀 있던 불편한 기억이 고구마 줄기처럼 따라 올라온다. 내일 위미라를 찾아가서 얘기해 볼까? 독서 모임 말고 다른 벌을 달라고.

아! 독서 모임에 서연이도 오지? 아직 내게 기회가 남았다. 지식인들이 가르쳐주는 방법은 전부 엉터리다. 나는 나만의 독창적인 연애 기술을 키워볼 작정이다. 질척거리면 여자들이 싫어한다니까 반대로 해봐야겠다. 아무렇지 않게 독서 모임에 참여하고, 산뜻하게 서연이 얼굴을 보는 것이다. 그렇게 다시 우리 사이를 회복할 기회를 엿봐야겠다.

3. 가난한 김 첨지와 가난한 나

서진 _ 2024년 4월 *일

오늘도 집에 오자마자 밥부터 안쳤다. 엉망으로 어질러진 집 정리를 하고 빨래도 돌렸다. 찌개 하나를 끓여놓고서야 씻을 틈이 생겼다. 우진이는 동생이라고 어릴 때부터 내가 오냐오냐했더니 여전히 자기가 아기인 줄 안다. 스스로 할 줄 아는 게 없다. 엄마 없는 집 애들이라는 동정을 받고 싶지 않아, 내가 일찍 엄마가 되었다. 겨우 세 살 어린 동생을 겨우 세 살 많은 내가 씻기고 먹인다.

나는 하루 중 급식 시간이 제일 좋다. 집에서는 해 먹을 수 없는 다양한 반찬이 나오기 때문이다. 더 달라고 하면 마음씨 좋은 급식소 아주머니들이 처음 받은 양보다 더 많이 주신다. 달걀 하나로 점심까지 버티다가 급식소에 가면 밥과 반찬을 산처럼 쌓아놓고 먹는다.

설거지가 끝났다. 아빠는 대리운전 일을 나가시기 전에 쪽잠을 주무시는 중이고, 우진이는 게임에 빠져 있었다. 조용히 집을 빠져나와 빌라 옥상에 올라갔다. 누군가가 피우다가 버려둔 담배꽁초를 찾았다.

승윤이가 서연이한테 차인 일 때문에 마음이 무겁다. 내 잘못이기 때문이다. 나는 친구의 생일 선물을 살 때만 물건을 훔친다. 잠도 제대로 못 주무시는 아빠한테 친구에게 줄 선물 살 돈을 달라고 말씀드리는 게 죄송해서 그렇게 됐다. 승윤의 옆집 옥상에 담배 피우러 갔다가 새 옷처럼 깨끗한 K 브랜드의 티셔츠와 바지를 보았다.

"서연이가 K 브랜드 맨투맨 사고 싶다고 했는데, 저거 딱 예쁘지 않냐?"

승윤이의 말에, 나는 "거의 새 옷 같은데? 슬쩍 할까?"라며 장난스럽게 대답했다. 승윤이가 빨래집게에서 옷을 빼냈을 뿐, 내가 부추겨 훔친 거나 마찬가지다.

집으로 내려와 가방을 열었다. 아까 받은 책이 보였다. 태어나서 처음 받은 책 선물이다. 기분이 이상했다. 길에서 나와 상관없는 물건을 우연히 주워 온 것 같았다. 주인을 찾아주어야 할 것 같은데, 내 가방에 담겨 집까지 따라왔다. 낄빠가 무슨 생각으로 이 책을 선물했는지 좀 궁금했다. 중학생이 되고 처음으로 집구석에서 책을 폈다.

"형 뭐해? 무슨 일 있어?"

헛웃음이 나왔다. 학생이 집에서 책을 보는 게 당연하고, 집안일을 하는 게 이상해야 하는데, 우진이 눈에는 반대로 보이나 보다.

내가 공부를 못하는 데에는 이유가 있다. 공부할 시간이 없다. 초등학교 때부터 그랬다. 공부를 하라고 닦달하는 사람도 없지만, 뭘 좀 해보려고 해도 우진이와 집안일을 챙기고 나면 너무 피곤해서 더 이상 아무것도 하고 싶지 않다.

짧은 소설 여러 편을 모은 책인 듯했다. 옛날 이야기라 어려운 말이 많았다. 휴대폰으로 단어 뜻을 검색해 가며 읽었다. 휴대폰을 공부용으로 사용할 수 있다는 걸 오늘 처음 알게 되었다.

김 첨지라고 하는 사람, 가난했다. 돈이 없어서 아픈 아내한테 약도 못 사주고 겨우 돈을 빌려다가 며칠 만에 조밥인가? 그런 걸 먹여주고선 왜 저렇게 큰소리를 치는 걸까? 우리 아빠가 김 첨지 같은 사람이 아니라서 다행이다. 우리 아빠는 엄마를 끝까지 보살폈다. 고모는 산 것도 죽은 것도 아닌 우리 엄마를 위해 죽은 듯 일만 하는 우리 아빠가 불쌍하다고 말했다. 아빠는 술을 마시지도, 우리를 때리지도 않는다.

엄마가 죽고 혼자 남은 세 살 개똥이 부분을 읽다가 갑자기 뜨거운 것이 목구멍을 타고 올라왔다. 눈물이 나왔다. 우진이가 볼까 봐 책을 던져두고 화장실에 갔다. 울음소리가 터져 나오려는 걸 겨우 틀어막았다. 죽은 엄마 옆에 홀로 남은 굶주린 아기 개똥이가 눈앞에 나타난 것 같았다. 병실에 누워 있는 엄마를 바라보는, 다섯 살 때 내 모습이 떠올랐다.

엄마는 나와 동생을 어린이집에 맡기고 출근하다가 뺑소니 사고를 당했는데, 그때 나는 다섯 살이었다고 한다. 5년 정도 식물인간으로 누워 계셨다. 병원비 때문에 대출을 많이 받아서 엄마가 돌아가신 지금도 아빠는 대출금을 갚느라 두 가지 일을 하신다.

나는 아빠와 우진이와 셋이 앉아 저녁을 먹을 때가 제일 행복하다. 소중한 게 곁에 없어지면 그게 얼마나 소중한지 알게 된다. 엄마가 하늘로 가신 뒤 많이 후회했다. 병원에 자주 가볼걸…. 난 엄마가 계속 그 자리에 꽃처럼 계실 줄 알았다.

가슴이 막혀 죽을 것 같았다. 다시 옥상에 올라가 꺼억꺼억 소리를 내며 울었다. 위미라는 왜 저런 책을 내게 선물한 것일까? 어떻게 알고? 내 뒷조사를 한 걸까? 이 책을 읽고 친구들과 대화를 나누라고? 내가 겪은 일을, 이 책을 읽은 내 기분을 어떻게 말하라는 거지? 지금까지 잘 살아왔는데, 책 이게 뭐라고 갑자기 내 마음이 이렇게 어지럽지? 독서 모임 때 입 다물고 아무 얘기도 안 할 거다.

4. 옥상책빛 시작하는 날

미라 쌤 _ 2024년 4월 *일

황금 같은 토요일을 반납하면서 아이들 지도에 힘쓰는 나는 대한민국 최고의 참교사다, 라고 쓰려니 양심에 가책이 느껴진다. 토요일이지만 딱히 약속이 없다. 남친 없는 서른이 주말에 집에 있으니 엄마가 눈치를 줬다.

그나저나 놀랍게도 까불이 3인방 김승윤, 박서진, 최도현이 한 번도 나를 찾아오지 않았다. "독서 모임 안 하면 안 돼요? 다른 벌 주시면 안 돼요?"라며 찾아오면 어떻게 설득할지 시나리오도 다 짜놨는데, 녀석들이 오지 않으니 불안했다. 학교 앞에서 보기로 했는데 한 놈도 안 나타나면 어떻게 할지 조금 걱정이 된다. 아무도 안 오면 지혜네 옥상에서 대낮부터 치맥이나 해야겠다. 이를 바득바득 갈면서.

1시 20분. 학교 정문 앞에 도착했다. 예상대로 서서연이 와 있었다. 서연이는 좀 자신감이 없고 다른 사람 말에 휘둘려서 그렇지, 선생님 말씀은 잘 듣는다. 자기가 얼마나 괜찮은 사람인지 알면 좋겠는데 그걸 모르는 것 같아 안타깝다. 상대방이 자신의 가치를 규정한다고 생각하는 것 같다. 자신의 가치를 인기로 증명받으려고 한다는 뒷담화를 엿들은 적이 있다. 못 들은 척하며 스윽 지나가긴 했는데, 그 아이들 말에 나도 동의하는 바다. 끊임없이 연애를 하면서, 착하고 공부 잘하는 애가 대시하면 본 체도 안 한다. 좀 센 녀석들과 사귀어야 아무도 자기를 건드리지 못할 거라고 생각하는 것 같다. 아무튼 독서 모임을 하며 그 생각을 좀 깨트렸으면 좋겠다.

서연은 어리둥절한 표정으로 내 옆자리에 탔다. 잠시 후 김승윤이 왔다. 승윤이도 이게 뭔 일인가 하는 표정으로 차에 탔다. 먼저 와 있는 서연을 보자 표정이 한껏 밝아졌는데, 서연이가 아는 체도 안 하는 걸 보니 그사이에 찼나 보다.

1시 30분에 맞춰 최도현이 왔다. 5분이 지났다. 지각 대장 서진이는 오늘도 지각할 것인가, 아예 안 나타날 것인가? 승윤이가 서진이에게 전화를 걸었더니 걸어서 오는 중이라고 했다. 서진이의 위치를 파악하고 차에 탄 우리가 그쪽으로 움직였다. 잠시 뒤에는 네 명이 모두 차 안에 있었다.

"선생님, 지금 어디 가는 거예요? 저기가 저희 집인데 왜 차를 여기 세우는 거예요?"

승윤이의 불안한 표정을 무시한 채 나는 아이들에게 따라오라는 시늉을 하고 앞장서서 걸었다. 지혜 집 대문이 열려 있었다. '옥상책빛에 온 것을 환영합니다'라는 가랜드도 걸려 있었다. 손수 가랜드를 만드는 지혜의 모습이 상상돼 웃음이 났다. 내가 승윤이네 옆집으로 들어가자, 아이들은 서로 쳐다보며 무언의 대화를 나누었다.

옥상에 오르자 테이블에 근사한 파라솔이 펼쳐져 있고, 아이들 수만큼 음료수도 준비되어 있었다. 방금 막 내린 듯한 아이스 아메리카노 두 잔까지. 이 온도, 이 습도, 이 고요함. 독서 모임을 하기에 완벽한 환경이었다.

"어서 와, 애들아. 두 번째 만남이네?"

지혜는 푸른여중 생활지도부 징계 담당 교사답게 아이들을 쥐락펴락하는 수준이 보통을 넘는다. 아이들은 아무 말도 하지 않았지만, 표정만 봐도 무슨 말을 하고 싶은지 알 수 있었다.

"뭘 그렇게 멀뚱거리고 서 있는 거야? 와서 음료부터 한잔 해. 오늘 시간 많지?"

쭈뼛거리며 서연이가 먼저 자리에 앉았다. 승윤이가 서연이 옆에 앉자 둘을 마주 보고 서진과 도현이가 앉았다. 나와 지혜는 남은 자리에 마주 보고 앉았다.

"위미라 선생님이 아직 말씀하지 않았나 본데, 나도 독서 모임 같이 할 거야. 사실 너희를 벌줘야 하는 사람은 나잖아? 너희가 우리 집 옥상에 올라와서 잘못한 거니까. 그러니까 내가 이 자리에 함께하는 게 전혀 이상할 게 없다 이거야."

지혜가 말하는 동안 아이들 얼굴을 보고 있자니 웃음을 참을 수가 없었다. 각자 마음속으로 하고 있는 생각이 만화책의 말풍선처럼 눈앞에 보이는 듯했다.

'개빡쳐.'

'뭐야? 위미라만큼 이상한 사람이잖아?'

'와, 씨, 난 학교까지 왜 갔다 온 거지? 그냥 옥상에서 한 발만 뛰면 여기 도착인데?'

아이들은 웃고 있는 나를 쳐다보았다. 지혜는 나를 보며 아이들 반응 따윈 대수롭지 않다는 듯 가볍게 웃어 보이고 다시 준비한 멘트를 이어갔다.

"내 소개를 할게. 나는 푸른여중 2학년 담임 곽지혜야. 푸른여중에서 역사를 가르치고 있어. 아! 생활지도부 징계 담당이라, 너희랑 비슷한 애들 자주 만난단다. 반가워.”

“네? 태양여중 아니고 푸른여중이라고요?”

서연이가 발끈하며 말했다.

“응. 푸른여중. 왜? 내가 그날 태양여중이라고 말한 것 때문에 그래? 너희 거짓말 잡으려고 그런 건데 뭘. 서서연, 억울해?”

“아, 아뇨. 그건 아닌데.”

“그럼 됐어.”

지혜는 또 예와 같은 미소를 지었다.

“그럼 옥상책빛을 시작해 볼까? 아, 옥상책빛은 ‘옥상에서 책으로 빛을 만든다’라는 말을 줄인 거야. 나랑 지혜가 만든 이름이야. 괜찮지?”

내가 말했다. 아이들 표정은 괜찮지 않았지만, 상관없었다.

“책은 다 읽었겠지? 이 정도 분량은 다 읽어낼 수 있을 거라고 생각했는데, 첫 책으로 나쁘지 않았지?”

아이들 표정은 조금 전처럼 계속 구겨져 있는 상태였다.

“나빴어요.”

승윤이가 말했다.

“응? 왜 나빠?”

승윤은 무슨 말을 할듯하더니 입을 꾹 다물었다.

"서연이 넌 어땠어?"

지혜가 물었다.

"아? 네? 전…, 참 먹을 게 없었구나 싶고. 이해 안 되는 단어도 많았어요. 욕이 왜 이렇게 많아요? 오라질 년? 이거 욕이죠?"

서연의 해맑은 말에 고개 숙인 서진이 '큭' 하고 웃었다. 가만 보니 도현이도 웃음이 터지기 직전이었다.

"'오라질 년'이 좀 인상적이긴 하지? 나는 '오라질 년'이라는 단어만 들어도 이 소설이 곧바로 떠오른다니까."

지혜의 입에서 나오니 욕이 더 착착 붙는다. 같은 욕을 해도 어색한 사람이 있고, 입에 착 달라붙으면서 맛깔나게 하는 사람이 있는데, 지혜는 후자다. 어디서 배웠는지, 욕의 품격이 남다르다.

"서진이는 어땠어?"

내가 물었다.

"네? 아…."

"응? 아…뭐? 밑줄 그은 문장 하나라도 읽어봐."

"어미 곁에서 배고파 보채는 개똥이에게 죽을 사줄 수도 있다…."

"그 문장에 왜 밑줄을 그었어?"

서진이는 입을 꾹 다문 채 말이 없었다.

"도현이는 어때? 재밌게 읽었어?"

지혜가 물었다.

"옛날 말이 많아서 좀 불편했는데, 대충 무슨 뜻인지는 알겠더라고요. 그런데 왜 이 책을 읽으라고 하셨어요?"

도현이가 처음부터 핵심으로 팍 치고 들어왔다.

"오, 최도현, 제법인데?"

내가 말했다. 도현이는 무엇이 제법이라는 건지 모르겠다는 표정이었다.

"책을 읽으며 '왜'라는 질문을 하는 것, 그게 시작이거든. 앞으로 너희가 수많은 '왜'를 질문했으면 좋겠어. 나한테도, 지혜한테도, 친구들에게도."

도현은 여전히 아리송한 표정이었다.

"승윤? 이 책이 왜 나쁘다고 생각해?"

승윤의 얼굴이 붉어졌다. 서연이가 승윤을 바라보았다. 승윤을 걱정하는 게 아니라 '빨리 무슨 말이든 좀 하고 이 상황을 끝내자'라는 표정이었다. 아, 서연이는 이미 마음이 떠났구나. 승윤이가 걱정되었다.

그때 오토바이 한 대가 도착했다. 지혜가 아래층으로 내려갔다. 다시 옥상으로 올라오는 지혜의 손에 치킨 상자가 보였다.

"오늘 다들 늦잠 자고 아점 먹었을 테니 지금 좀 출출하지? 먹다 보면 입이 열릴 거야. 자, 먹자."

아까 이 옥상으로 올라올 때 똥 씹은 표정이던 녀석들의 얼굴이 환해졌다. 나는 지혜에게 '맥주는 없냐?'라는 눈빛을 보냈다. 지혜는 잠깐 아래층으로 내려가더니 텀블러 두 개를 들고 왔다. 텀블러를 받아 든 나는 입구를 열고 쭉 들이켰다. 지혜는 지혜롭다. 아이들의 교육을 위해 텀블러 안에 맥주를 감쪽같이 담아 오는 지혜라니, 이런 지혜를 알기에 녀석들 벌로 독서 토론을 하자는 제안을 곧바로 받아들인 것이다.

먹는 데 열중하느라 독서 토론을 잊은 줄 알았다.

"오늘 운수가 괴상하게 좋네요. 벌 받으러 왔다가 치킨이라니. 반전이 기다리고 있는 거 아니죠?"

서진이가 먼저 입을 뗐다.

"너무 고마워. 독서 모임 하러 온 거 잊진 않았구나."

지혜가 말했다.

"저는 김 첨지라는 사람이 꼬리에 꼬리를 물고 따라오는 행운 앞에서 겁이 났다는 문장에 공감했어요. 저도 그래요. 좋은 일이 연이어 생기면 왠지 불안해요."

나는 서연이가 너무 기특해서 일어나 안아주고 싶은 걸 간신히

참았다. 기대하지 않았던 서연이가 우리의 구세주가 될 줄이야. 말을 해줘서 너무 고마워.

"어때? 다른 친구들도 그런 생각이 드니?"

지혜가 물었다.

"네, 저도 좀 그런 편이에요."

도현이가 말했다.

"그럼 나쁜 일이 연이어 생기면 어때?"

내가 물었다.

"역시 내 인생이 그렇지 뭐."

승윤이 아무렇게나 입에서 나오는 대로 내뱉듯이 말했다. 서연이가 잠시 승윤이를 힐끗 쳐다보았지만, 승윤은 눈치채지 못하고 계속 치킨을 먹는 데 집중하고 있었다.

"승윤아, 네 인생이 어떤데 그래?"

내가 궁금한 걸 참지 못하고 물었다.

"뭐… 보이는 게 전부가 아니라는 것 정도만 말씀드리죠."

평소 학교에서 재치 있는 입담으로 반 친구들에게 인기가 많은 승윤이라 이런 진지한 반응에 나도 조금 놀라긴 했다.

"김 첨지처럼 깜짝 놀랄 만한 돈이 제 손에 들어오면 좋겠어요."

서진이가 드디어 입을 열었다.

"서진이는 돈이 많으면 좋겠구나. 돈이 많으면 어디에 쓰고 싶은데?"

서진은 잠시 망설이더니 얼굴이 빨개졌다.

"아빠가 일을 한 가지만 할 수 있게, 아빠한테 드리고 싶어요."

아이들은 서진이 어떤 생각으로 그런 말을 했는지 이해하지 못한 눈치였지만, 나와 지혜는 금방 알 수 있었다.

서진이가 입을 열자 승윤이도 드디어 먹던 걸 멈추고 말을 하기 시작했다.

"김 첨지, 이 사람 정말 나쁜 사람이에요. 아픈 사람 뺨을 때리질 않나, 죽어서 누워 있는 아내 다리를 발로 차고. 그것도 술 취해 들어와서. 진짜 극혐이에요."

나는 물 들어올 때 노를 젓자, 싶어서 승윤이 말에 얼른 꼬리를 물고 다른 친구에게 질문을 넘겼다.

"다른 친구들 생각은 어때? 도현이는?"

"아, 저는요. 그게 진심이라기보다 자기가 돈이 없어서 약을 못 사주고 병원에 데리고 가지도 못하니까 미안해서 그러는 것 같긴 한데, 그렇다고 해도 때리는 건 좀 아니죠. 미안하면 미안하다고 해야지. 저는 이 부분에서 이해가 안 됐어요."

"와! 최도현 문해력 괜찮은데?"

내가 말했다.

"제가 책을 읽고 이해하는 속도가 느려서 그렇지, 오래 생각하면 다 알아요. 평가 시간을 두 배로 늘여주면 기초학력 미달이 아닐 거예요."

도현이가 책을 펼치며 말했다. 넷 중에 처음으로 책을 펼친 사람이다. 밑줄까지 그어져 있었다.

"'자기를 덮친 무서운 불행을 빈틈없이 알게 될 때가 박두한 것을 두리는 마음에서 오는 것이다. 그는 불행에 다닥치기 전 시간을 얼마쯤이라도 늘이려고 버르적거렸다' 여기 부분을 이해할 수 없었어요. 읽다 보니 김 첨지는 자기 아내가 죽을 거라고 예감한 것 같은데도 계속 밖에서 시간을 끄는 것 같았어요."

도현의 말에 서진이가 받아쳤다.

"두려운 거지. 겪어보지 않으면 몰라. 저 안에 죽어 있는데 들어가 볼 수가 없어. 두려워서."

나는 가슴이 쿵 하고 내려앉았다. 서진이의 마음에는 어떤 상처가 있는 것일까? 아, 뭐라고 말을 이어야 할지 말문이 막혔다. 그때 갑자기 서연이가 분위기에 반전을 가했다.

"그런데 김 첨지 이 사람, 아내한테 툴툴대면서 사달라는 설렁탕을 사 왔잖아요. 좀 츤데레 같아요."

이 분위기 어쩔 거야. 서연아, 이 상황에 츤데레 얘기는 좀 아니잖아.

"츤데레? 여자 때리는 놈이 츤데레야? 개쓰레기지. 서서연, 너 이런 스타일 좋아해? 내가 츤데레가 아니라서 찬 거야?"

우리는 모두 놀란 토끼처럼 눈이 커졌다. 승윤이는 씩씩거렸고, 서연이는 어벙벙한 표정이고, 서진이와 도현이는 서로를 한 번 쳐다보고 승윤이와 서연이를 한 번 쳐다보고 '어떻게 해야 돼요? 빨리 수습 좀 해주세요'라는 듯 나와 지혜를 번갈아 쳐다보았다.

"그게 그러니까, 그때 당시 시대 상황상 여자들의 인권이 너무 낮았어. 아내를 때리는 남자들도 종종 있었지. 당연히 그러면 안 되지만, 이런 소설을 읽을 땐 당시 시대적 배경을 감안하고 봐야 해. 현대로 치면 무심한 듯하면서 속으로는 다정하게 생각하고 있으니 츤데레라고 생각할 수도 있을 것 같아."

서연이가 무안하지 않게, 또 승윤을 진정시키기 위해 지혜가 차분히 말했다.

"선생님, 저는 그렇게 생각 안 해요. 다 변명이에요. 때리는 저 사람이 죽어야지, 왜 맞고 있는 저 불쌍한 여자가 죽어요, 왜? 애도 있는데. 애는 어떻게 하라고요. 흐윽흐윽…."

갑자기 승윤이 울기 시작했다. 서연은 승윤에게 오만 정이 다 떨어진 표정이었다. 나와 지혜는 승윤이가 걱정되었다. 승윤이에게 무슨 일이 일어나고 있는 걸까? 지금 자기가 서연이한테 뭐라고 말했는지 나중에 기억은 할까? 이성을 잃고 마음에서 나오는 대로 말한 것 같은데….

"오늘 옥상책빛 모임은 여기서 끝낼까? 시작치고 너무 좋았어. 이건 다음 모임 책이야. 이것도 얇아서 부담은 없을 거야. 승윤이는 바로 옆집이니까 남아서 뒷정리 좀 도와주고 가고. 나머지 친구들은 책 챙겨서 미라 쌤이랑 버스 타고 가면 되겠지?"

지혜가 내게 눈을 찡긋하며 사인을 보냈다. 승윤이는 자기가 잘 다독일 테니 다른 애들 데리고 빨리 가라는 것이다. 그래, 첫술에 배부르랴. 이만하면 오늘 모임은 성공적. 그나저나 승윤이가 걱정이다.

5. 2049년 지금, 여기, 우리들

한차례 소용돌이가 치고 지나간 듯 승윤과 서진의 표정이 복잡하다. 음료수로 목을 축인 승윤이가 먼저 침묵을 깼다.

"그때는 마음이 분노로 가득했어. 중학생이 되니 나랑 비슷한 마음인 친구를 직감적으로 알아본 거야. 그게 서진이와 도현이었어."

"그래, 분노를 잠시 잠재워 준 게 옥상에서 피우는 담배였지. 우리가 학교에서 좀 까부는 애들이긴 했지만, 담배 피우는 것 말곤 나쁜 짓 안 했어. 친구들 괴롭힌 적도 없고. 담배가 나쁜 건 맞지만, 솔직히 그때 우리한테 담배는 최악을 막아준 도구였지?"

도현이가 말했다.

"나 자전거 안 타는 거 알아?"

"응? 왜?"

서진이가 놀란 목소리로 물었다.

"인력거랑 비슷하게 생겼잖아."

"그전에도 그러셨다며? 설마 너 때문에 그렇게 됐다고 여태 죄책감 갖고 살았던 거야?"

솔희가 말했다.

"잘 모르겠어. 아빠 신고한 다음 우리 가족 모두 상담받았거든. 그때도 내 잘못이 아니라는 말을 들었어. 머리로는 이해하는데, 마음 한구석에서는 '내가 인력거만 타자고 하지 않았어도…' 하고 자책했던 것 같아. 그 생각만 떠올리면 어깨가 움츠러들었어."

"승윤아, 저번에 마트에서 네 어머니 뵀는데 전보다 얼굴이 더 좋아 보이셨어. 너도, 동윤이도 잘 살고 있잖아? 조금이라도 그런 생각 하지 마."

도현이가 말했다. 승윤은 아직 열다섯 승윤에서 빠져나오지 못한 듯 복잡한 얼굴이다. 모두 자기 앞에 놓인 차를 마시며 침묵을 채웠다.

"사람은 불우한 환경에 노출돼 있더라도 자신을 사랑해 주는 단 한 사람만 있으면 건강하게 자랄 수 있는 것 같아. 엄마는 아빠한테 매를 맞고, 경제적으로 자립할 기회까지 뺏겼지만, 나와 동윤이를 향한 사랑을 놓지 않으셨어."

"반대로 너와 동윤이가 없었다면, 엄마는 살아갈 이유를 잃었을지도 몰라. 서로에게 서로가 필요했던 거야."

승윤이 말을 경청하던 미라가 말했다.

"사람은 사랑할 존재 없이는 살 수 없는 것 같아요. 그러니 혼자 사는 노인에게 가장 힘든 것은 가난보다 외로움일 거예요. 일하면서 그런 분들 많이 봬서 알아요."

도현이가 덧붙였다.

"그땐 참 타인의 시선이 중요하고 두려웠던 것 같아. 중요한 건 내 마음인데, 내 감정이 어떤지 살펴보지 않았어. 문득 마흔인 지금의 내 마음을 들여다봤는데, 여전히 남의 눈을 의식하며 살고 있는 내가 보여. 그리고 그때 내가 승윤이한테 너무 모질게 대했어. 미안해."

서연이는 아마도 오랫동안 해야만 했던, 하지만 하지 못한 말을 이번 기회에 한 듯했다.

"괜찮아. 그 일이 아니었다면, 우리가 지금까지 친구로 계속 만날 수 있었을까?"

승윤은 정말로 아무렇지 않다는 표정을 지어 보이며 말했다.

"오랜만에 어릴 적 일기를 읽으니 기분이 어때?"

위미라가 서진에게 물었다.

"음…. 마음이 시끄럽고 어수선해요. 열다섯 살의 내가 불쌍하고, 대견하고, 지금까지 잘 살아냈다는 생각이 들면서도 그때의 간절한 마음은 어디로 가버렸나 싶어서 허무해요."

서진도 아직 감정이 추스려지지 않은 듯한 표정이다.

"근데 그때 우리가 곽지혜 쌤 집에서 나가고 나서 무슨 얘기 했어? 너 그날 이후로 옥상책빛에 열심이었잖아."

도현이가 승윤에게 물었다.

"지혜 쌤이, 도움 필요하면 얘기하라면서 폰 번호 알려주시고, 긴급할 때 전화하라며 가정폭력신고센터에서 하는 일 같은 걸 얘기해 주셨어. 처음으로 희망을 본 것 같아. 엄마가 참지 않아도 방법이 있겠다 싶었어."

"나도 그 모임 하면서 비슷한 마음이었던 것 같아. 『운수 좋은 날』을 읽었을 땐 정말 기분이 더러웠거든. 죽은 엄마 옆에 하루 종일 울고 있었을 개똥이가 나인 것 같아서. 그런데 우리 아빠 이야기를 꺼냈더니 마음에 있는 짐 하나가 떨어져 나간 기분이었어. 100kg짜리 돌을 메고 다녔는데, 10kg 정도가 줄어든 느낌이랄까? 내가 진 삶의 무게가 처음으로 아주 조금 가벼워졌으니, 내 삶에도 한 줄기 빛이 들어온 거지."

위미라는 제자들 얼굴을 바라보았다. 제자들은 25년 전 자신의 고민을 읽으며 무슨 생각을 할까? 그때의 고민 중 지금까지도 남은 게 있을까? 25년 전 자신을 만난 일은 현재의 삶에 어떤 영향을 미칠까? 미라는 너무 궁금해서 다음 일기를 빨리 열어보고 싶었다.

“다음 주인공은 누구?”

미라가 솔희에게 눈짓하며 말했다.

“최도현 차례가 왔군.”

솔희가 말했다. 도현은 이미 25년 전 자신을 만난 서연, 승윤, 서진과 차례대로 눈을 마주쳤다. 괜찮다는 용기를 얻은 도현은 담담하게 일기를 읽기 시작했다.

3장

| 옥상책빛2 | 꿈을 지키는 카메라

1. 숨기고 싶은 엄마

도현 _ 2024년 5월 *일

몇 주 전, 곽지혜 쌤 집에서 긴급 철수하듯 나왔다. 똥을 누다가 만 것처럼 찜찜했다. 서진이와 집으로 돌아오는 길에 승윤이 이야기를 나눴다. 승윤이네 집에 무슨 일이 있는 것 같다는 데 동의했다. 그리고 서진이의 아빠가 일을 두 개나 하신다는 것도 알게 되었다. 낮에는 공장에서 일하고 늦은 밤까지 대리운전을 하신다고 했다. 일 년 넘게 학교에서 매일 붙어 다녔는데, 이제야 서진이의 사정 하나를 알게 되었다. 서진이는 엄마가 초등학교 때 돌아가셨다는 고백까지 했다.

나도 내 고민과 비밀을 말하고 싶었는데 그러지 못했다. 서진이보다 내 상황이 낫다는 생각에 우월감도 생겼다. 그러자 내가 비겁하게 느껴졌다.

언제쯤 나도 친구들에게 내 비밀을 털어놓게 될까? 그 일만 떠올리면 엄마 앞에서 얼굴을 들 수가 없다. 일기장에 쓰면 잘못을 용서받을 수 있을까?

초등학교 때였다. 학원 친구들과 길가에서 물총놀이를 하고 있었다. 잠시 쉬며 아이스크림을 먹고 있을 때, 저쪽에서 걸어오는 엄마가 보였다. 엄마도 나를 발견했는지 가까워질수록 표정이 환해졌다.

'어떡하지? 못 본 척 다른 곳으로 눈을 돌릴까?'

그때 전교에서 제일 짓궂다고 소문난 놈이 말했다.

"저 동남아는 왜 우릴 쳐다보는 거야? 저 사람 지나가면 뒤통수에 물총 쏘자."

헉. 순간 얼굴 근육이 굳었다. 아이스크림을 쥐고 있던 손이 떨렸다. 심장이 빠르게 뛰고 귓불이 빨개졌다. 게다가 엄마가 길을 건너 이쪽으로 오고 있었다. 엄마를 막을 수도, 피할 수도 없었다. 망했다.

엄마는 왜, 하필 여길 지나가는지 원망스러웠다. 활짝 웃는 엄마의 하얀 이가 그날따라 도드라져 보였다. 나와 눈이 마주친 엄마를 뒤로하고 학원 건물 안으로 냅다 뛰었다. 보지 않아도 알 수 있었다. 얼음처럼 굳었을 엄마의 표정을.

학원 안에서 유리창 너머 물총 세례를 맞는 엄마를 보았다. 엄마는 깜짝 놀란 듯 걸음을 멈추더니 못된 짓을 한 녀석들에게 한마디도 하지 않고 더 빨리 걸어 그곳을 벗어났다. 내가 부끄러울까 봐 그랬을 것이다. 그런 엄마를 보며 아이들은 낄낄댔고, 나는 끝까지 진실을 말하지 않았다. 나이가 많고 말을 험하게 하며 꽉 막힌 아빠는 더 싫다. 할머니는 또 어떻고. 엄마가 무슨 우리 집 가정부도 아닌데, 일을 엄청 많이 시킨다. 우리 집에는 내 고민을 들어줄 사람이 없다. 의사소통이 되지 않는 엄마, 집에 붙어 있지 않은 아빠, 아빠보다 더 꽉 막힌 할머니. 집에 들어가면 고구마를 먹다가 목이 막힌 듯 갑갑했다.

나는 비교적 피부색이 흰 필리핀 출신 엄마와 한국인 아빠 사이에 태어나서 외모만 보면 다문화 가정의 자식이라는 티가 나지 않는다. 우리 엄마가 외국인인 걸 아무도 모른다. 그래서 아무에게도 말하지 않았다. 엄마를 숨기는 죄책감은 점차 수치심으로 변했다. 나는 나쁜 놈이고 용서받을 수 없는 놈이라는 생각이 든다. 내 비밀을 알면 친구들이 나를 무시할 것 같았고, 그런 나를 감추려고 센 척했다. 거친 말을 했고, 거칠어 보이는 아이들과 친구가 되었다.

나는 한글을 떼는 것부터 어려웠다. 친구들은 집에서 부모님이 가르쳐 주셨겠지만, 나는 엄마와 함께 한글을 배운 것이나 마찬가지지다. 내가 잘못 써도 봐줄 사람이 없다. 책 한 장을 읽으려면 보통 사람보다 시간이 두 배는 걸린다. 올해도 나는 '기초학력 미달자' 명단에 올랐다.

그날 집으로 오며 조금 반성했다. 그동안 '나만 왜 이런 환경에서 태어났을까?' 하고 생각하며 부모님을 원망했는데, 승윤이도 서진이도 말 못할 어려움이 있는 것 같아서다.

우리 가족을 떠올려 보았다. 엄마는 한국인이 아니라서 그렇지, 젊고 예쁘다. 아빠는 나이가 많고 험한 일을 하시지만, 하루 일당이 30만 원이라 일이 많은 달에는 600만 원도 넘게 번다.

계속 뒤가 찜찜했다. 이유를 찾지 못했다. 몇 주째 책상에 던져둔 다음번 책 『꿈을 지키는 카메라』가 보였다. 책을 펼쳐 보았다. 『운수 좋은 날』보다 쉬웠다. 국어 기초학력 미달인 나도 쉽게 읽을 수 있었다.

치사한 이야기였다. 성적으로 보충 수업 반 편성을 하는데, 성적이 좋은 애들은 '명품반'이라고 불리며 좋은 선생님의 수업을 듣고, 성적이 낮은 아이들은 에어컨도 나오지 않는 교실에서 실력이 부족한 선생님께 수업을 들었다.

주인공인 아람이보다는 내가 나은 것 같다. 내가 억지로 가고 있는 '기초학력 미달자 수업'은 학교에서 수업을 제일 잘한다는 위미라 선생님이 맡고 있다. 그러고 보니 요즘 위미라 선생님을 자주 본다. 수업을 한 번도 빼먹지 않고 다 참여하면 피자를 사주신다고 해서 열심히 가고 있다. 책 속 한 문장에서 마음이 멈췄다.

'뉴타운이 들어오는 재개발 동네 사람들이 물러나지 않고 끝까지 투쟁하네. 결국 뉴타운은 들어올 텐데, 싸운다고 뭐가 달라질까?'

그렇게 생각하던 중, 갑자기 뭔가가 번개처럼 머릿속을 스쳐 지나갔다.

'비겁함.'

'패배 의식.'

그동안 '내가 이런다고 달라지겠어?' 하는 생각이 나를 둘러싸고 있었다. 내가 처한 환경을 부끄럽게 여기고 외면하며, 자신을 드러낸 친구들 앞에서 끝내 나는 솔직하지 못했다.

"치사한 자식."

혼잣말을 내뱉었다. 뒤가 찜찜한 이유를 알게 되었다. 『운수 좋은 날』의 김 첨지를 보며 비겁하다고 생각했는데, 현실에 정면으로 맞서지 않는 비겁한 내 모습이 거기에 겹쳤다.

승윤이에게 메시지를 보냈다. 힘든 일이 있으면 얘기하라고, 힘들 때 같이 있어주는 게 친구 아니냐고 말했다. 서진이한테도 메시지를 보내 내 비밀을 털어놓았다. 뜬금없는 나의 고백에 서진이는 당황했는지 잠시 말이 없었지만 곧 내 마음을 알아주었다. 자기도 부모님 이야기를 비밀로 하고 싶었다고…. 나는 오늘 한 가지를 깨달았다. 사람에게는 누구나 비밀이 있다.

2. 찾아보자, 가슴 뛰는 꿈

지혜 쌤 _ 2024년 5월 *일

한 달 만에 녀석들을 다시 만났다. 그간 우리 집 옥상에서 승윤이를 몇 번 만났다. 녀석은 절대 대문으로 우리 집에 오는 법이 없었다. 옥상에서 보자고 말하고 삼십 초쯤 뒤면 자신은 이미 옥상에 와 있는데 안 올라오냐는 메시지가 왔다. 엄마와 아빠 이야기, 자신이 아빠를 가정폭력으로 신고하면 아빠는 어떻게 되는지, 엄마가 일자리를 구할 수 있게 도와줄 곳은 어디인지, 엄마가 일자리를 구하는 동안에는 어떻게 먹고 살 수 있는지, 이런 고민을 나와 함께 나눴다.

아이들과 함께 옥상으로 올라가니 이미 승윤이가 와서 자리를 잡고 앉아 있었다. 첫 모임 때는 죽을상이었는데, 이제는 체념했는지 아이들 표정이 확 달라져 있었다. 체념을 넘어서서 독서 모임을 좋아하게 된 것 같은? 우리 집 옥상에 오는 시간을 기다린 것만 같은? 내 착각이 아니길 바란다. 아이들 기분이 좋아 보여서 나도 마음이 가벼워졌다.

"책 어땠어? 읽을 만했어?"

내가 물었다.

"초등학교 때 읽은 소설보다 얇고 쉬웠어요."

승윤이 말에 다들 의외라는 듯 "오오~" 하고 반응을 보였다.

"저도 저번 책보다 쉬웠어요. 재밌었고요."

서진이의 말에 아이들은 승윤이 때보다 더 크게 "와아" 하고 추임새를 넣었다. 도현이와 서연이도 비슷한 반응이었다. 일단 책 선정은 성공한 것 같아 다행이었다.

"그럼 밑줄 그은 문장 얘기해 볼까? 서연이가 먼저 할래?"

내가 말했다. 서연이는 잠시 쭈뼛대더니 앞에 놓인 레모네이드를 한 모금 마시고는 책을 펼쳤다. 파스텔 컬러 형광펜으로 밑줄을 그은 게 보였다. 내심 기특하고 흐뭇했다.

"'수업을 우열반으로 나누는 것도 기분 나쁜데 담당 선생님들까지 우열을 가려 배치한 걸 보니 정말 부아가 치밀었다. 그래서 보충 수업 여부를 묻는 가정 통신문을 받았을 때 아니요 칸에 표시했다.' 이 부분 핵공감이에요. 너무 불평등해요. 수준별 수업이 아니라 학생 차별인 거 맞아요. 우리 학교는 보충 수업은 없지만, 영어랑 수학 수준별 수업하잖아요. 우리 학교도 하반은 수업 시간에 애들이 너무 많이 떠들어서 집중이 안 돼요."

미라가 고개를 끄덕이며 아이들 말에 호응했다.

"맞아요. 주인공 아람이네 학교처럼 우리 학교도 하반에는 신경 안 쓰잖아요."

서진이가 미라를 보며 말했다.

"이거 진짜 공감. 하반에서 공부하려는 애들 힘들어요. 우리 같은 애들이 다 꼴아보거든요. 공부도 못하는 게 공부하는 척한다면서. 좀 반성했어요."

"하반은 수업을 보강해 주기 위해서 만든 반이 아니라 수업을 방해하는 애들을 그냥 한꺼번에 몰아넣으려고 만든 거나 마찬가지라는 말, 진짜 팩폭이에요. 쌤들이 학교에 건의 좀 해주세요. 수준별 수업할 때 하반에 있는 애들은 이런 기분이라고요."

미라와 나는 그러겠다고 말했다.

"나는 '명품반'이라는 말도 거슬리던데, 너희는 어땠어?"

미라가 아이들에게 물었다.

"맞아요. 공부 잘하는 애들은 명품이고, 우리 같은 애들은 짝퉁인가요? 명품 아파트, 그런 말도 저는 듣기 싫더라고요."

승윤이가 말했다. 다른 아이들도 동의하는 듯 "맞아, 맞아"라고 말했다.

"철거에 반대하는 시장 사람들 이야기 있잖아요. 구두점 아저씨는 이가 두 개나 부러졌고, 한양 포목점 아저씨는 누군가가 내려친 각목에 맞아 정수리를 일곱 바늘이나 꿰맸다는 얘기요. 그런데 그날 연행된 건 아버지와 시장 사람들뿐이라니, 그럼 깡패들을 보낸 용역업체는요? 용역들은요? 세상이 진짜 돈 있는 사람 편이라는 생각을 했어요. 저는 돈 많이 벌어서 힘이 생겼으면 좋겠어요."

서진이가 비장한 표정으로 말했다. 지난번 모임에서 이미 서진이네 집 형편이 어렵고, 그래서 빨리 돈을 벌고 싶어 한다는 것을 알 수 있었다. 그래서 나는 서진이에게 물었다.

"힘이 생기면 그 힘을 어디에 쓰고 싶어?"

"약한 사람들 돕는 곳에요."

나는 서진의 마음에 겉으로 보이지 않는 불덩이 같은 게 있음을 느꼈다. 불덩이를 잘못 쓰면 더 큰 불덩이가 되어 다른 사람에게 화를 입힐 수도 있다. 더 큰 불덩이는 더 많은 사람을 환하게 비추고 따뜻하게 만드는 데 써야 한다. 서진이의 불덩이가 좋은 방향으로 쓰이길 바란다.

"지난 모임 때랑 분위기가 확 다른데? 한 달 동안 무슨 일이 있었던 거야? 음료수 좀 마셔. 한 템포 쉬었다가 이야기 이어가자."

내가 말했다. 미라와 나는 조금 남아 있던 긴장을 풀고 미소를 주고받으며 아이스 카페라테를 마셨다. 서연이가 입에 오물오물하던 것을 삼키더니 음료를 한 모금 마시고 대화를 시작했다.

"공부를 못한다고 세상을 모르는 건 아닌 것 같아요. 주인공 아람이는 참 야무지고 똑똑해요. 꿈도 확실하잖아요. 아람이가 부러워요. 저는 제가 뭘 좋아하는지도 모르겠고, 뭘 잘하는지도 모르겠어요."

서연이를 보는 아이들 눈빛을 읽을 수 있었다. '어라? 우리가 알던 서서연 맞아?' 이런 표정이었다.

"아람이가 공부를 못한 이유가 있던데요? 엄마 아빠가 재판 쫓아다니는 동안 할아버지 도와서 장사했잖아요. 아람이 마음을 몰라주는 아람이 언니가 얄미웠어요. 아람이가 없었다면 언니가 공부에만 집중할 수 있었을까요?"

도현이가 한 말에 서진이가 받아쳤다.

"그렇지, 최도현. 네가 뭘 좀 아네. 내가 공부 못하는 것도 비슷한 이유라니까. 저 집에 가면 집안일이 산더미처럼 있어요. 공부 잘하는 애들도 저처럼 학교 마치고 집안일 세 시간쯤 하고 공부 시작하라고 하면 못 할걸요? 하하하."

서진이가 호탕하게 웃었다. 아이들은 따라 웃었지만 미라와 나는 웃을 수 없었다. 서진이의 일상이 그려졌기 때문이다. 서진이가 안쓰럽고 기특했다.

“저는 이 책이 너무 좋았어요. 솔직히 지금까지 재밌게 읽은 책이 없는데, 이 책이 처음인 것 같아요. 제 인생 책이 될 것 같아요.”

서연이 말에 미라가 반색하며 말했다.

“그랬어? 와! 곽지혜 쌤이 서연이 취향을 저격했네.”

서연이가 이어서 말했다.

“여기 있잖아요. 아람이가 ‘공부 못하는 애들은 자존심도 없는 줄 알아? 언니는 공부 잘하니까 자존심이 있어도 되고, 나는 그런 거 없어도 상관없다는 거야?’라고 말하니 언니가 ‘자존심 지키려면 일단 공부하라는 얘기야. 공부 못하는 애들이 자존심이니, 차별이니 하면 누가 알아주기나 하냐?’라고 말한 부분요. 아람이 말에 공감되고, 아람이 언니 말도 맞아요. 우리도 자존심 있어요. 그런데 우리가 그런 말 하면 아무도 안 들어줘요. 공부 잘하는 애들 말이나 먹히지. 그러니 공부를 해야 자존심 지킬 수 있다는 건 맞는 말인데, 그런데 왠지 억울해요.”

“방법이 틀렸잖아. 공부를 잘하든 못하든 자존심은 누구에게나 있는 거고, 누구든 지키고 싶은 거야. 그래서 네가 억울하다고 생각한 거야."

승윤이가 서연이 눈을 피하며 말했다. 나와 미라는 놀라서 동시에 눈이 마주쳤다. 역시 내가 제대로 본 것이다. 승윤이는 문해력이 있다니까.

"오, 김승윤. 사이다야. 내 속이 뻥 뚫린다."

도현이가 말했다.

"그런데 돈 많이 버는 CEO나 힘 있는 정치가가 되는 거라는 언니의 꿈이 왜 슬프다고 말한 거예요? 저는 이 부분이 잘 이해가 안 됐어요."

서진이 말을 듣고 도현이가 해당 페이지를 펼쳐 앞뒤 문장을 살펴본 후 말했다.

"진짜 원한 꿈은 그게 아닌데, 아빠 일 때문에 꿈이 바뀌어서 그런 거 아닐까?"

"내 생각도 그래."

승윤이가 말했다.

"왜요? 원래 언니의 꿈인 선생님이 되면, 왜 안 돼요?"

서연이가 물었다.

"선생님은 세상을 곧바로 바꿀 수 없으니까. 돈이 많으면 정치인을 움직일 수도 있고, 정치인이 되면 법을 바꿀 수도 있지만."

승윤이가 아까처럼 서연의 시선을 피한 채 말했다. 미라와 나는 또 한 번 놀라며 눈만 끔뻑였다.

"나는 단지 영어를 못할 뿐인데 학교는 내 영어 성적으로 나를 구제 불능에 쓸모없는 인간으로 취급해 버린다. 이 부분 핵공감 아니냐? 학교에서 공부가 아니라 다른 걸 가르치면 나도 분명 잘하는 게 있을 텐데."

도현이가 말했다.

"맞아요. 저 요리 잘해요. 김치찌개 끓이는 걸로 시험 치면 제가 1등일 거예요. 공부 못 한다고 쓸모없는 인간은 아닌데, 학교는 우리를 그런 인간 취급해요. 그래서 반항심이 생겨요."

서진이가 나와 미라를 번갈아 쳐다보며 말했다.

"나도 여기 읽으며 공감했어. 나 운동은 뭐든 다 잘하잖아? 그런데도 나는 학교에서 루저야."

승윤이가 말했다.

"아람이 좀 멋진 것 같아요. 학교에서는 포기했을지 몰라도 절대 자신을 포기 안 한다잖아요. 저는 주위 사람의 평가에 휘둘리는 스타일이거든요. 누가 어떻게 생각하든 나는 나의 길을 간다는 정신. 저도 좀 그랬으면 좋겠어요."

서연이가 말했다.

"서서연. 내가 전부터 너한테 해주고 싶은 말이었어. 김민지 같은 애 말에 휘둘리지 마. 걔 그냥 너 질투하는 거야."

"박서진 말에 나도 한 표! 아람이 얘가 이런 말 하니까 힘이 나긴 해요. 동질감이랄까? 전 '이생망'이라 생각하고 살았는데, 생각이 좀 바뀌려고 해요. 교과목이 아니라 다른 분야를 평가하면 나도 우수자가 될 수 있을 텐데, 그러니까 내가 생각보다 그렇게 '미달'인 아이는 아니라고 생각하게 됐어요. 자신들의 생업 터전을 지키려는 부모님의 노력을 응원하고 기록하는 연서와 아람이를 보며 부모님을 부끄러워하는 내가 부끄럽기도 했고요. 공부가 아니라도 성공할 길이 있을 거다, 내가 잘할 수 있는 일을 찾아보자, 이런 생각을 하니 하루가 전보다 의미 있어요."

도현이가 말했다. 생각이 바뀌려고 한다, 이게 얼마나 대단한 발언인지 도현이는 모를 것이다. 이번에는 내가 말했다.

"맞아, 아람이 꿈 참 멋지지 않아? 아람이 때문에 선생님도 다시 꿈을 가져보고 싶어."

내 말이 의외라는 듯 아이들 눈이 동시에 커졌다.

"선생님은 꿈을 이룬 게 아니에요?"

서연이가 물었다.

"꿈을 한 번 이루면 평생 다른 꿈을 안 꿀까?"

내 말이 아리송한지, 아이들은 눈알을 굴렸다.

"그래서 선생님 꿈은 뭐예요?"

도현이가 물었다.

"아직, 이참에 가슴 뛰는 꿈을 찾아보려고. 너희가 꿈을 찾는 동안 나도 같이 찾아볼까 해."

"꿈은 우리가 디딘 땅 위에서 시작됩니다."

미라가 작가의 말을 마지막으로 힘주어 읽었다. 아이들 마음에서 어떤 일렁임을 읽었다. 내가 느낀 것이 착각이 아니길 바란다. 한 달 뒤 독서 모임이 벌써 기대된다.

"다음 모임 책은 『체리새우: 비밀글입니다』야. 이 책은 우리 학교 도서관에 다섯 권 있는 거 확인했어. 사서 선생님께 부탁드려서 대출기간 지나면 두 번 더 자동 연장해 달라고 했으니 직접 도서관에서 책 빌려보자. 콜?"

미라의 말에 모두 고개를 끄덕였다.

오늘 모임, 성공적! 이제 나도 다리 뻗고 좀 쉬어보자.

3. 2049년, 우리에게 책이란?

일기 속 감정 흐름에 따라 현재 이곳에 모인 마흔 살들의 기분도 롤러코스터를 타는 듯하다. 도현과 미라의 일기가 밝게 마무리된 덕분에 전보다 분위기가 가벼워졌다.

"선생님, 저희가 중 1때부터 붙어 다녔는데요. 중2 첫 옥상책빛 그날까지 아무것도 몰랐어요. 다들 세상에 화난 게 많은 아이들이라는 것 정도만 느끼고 있었는데, 독서 모임 한 번으로 그렇게 빗장이 다 풀린 거예요. 갑자기 다들 커밍아웃했잖아요."

도현이가 말했다.

"책에는 그런 힘이 있지. 평소에는 맨정신으로 할 수 없는 이야기라도 책 속 등장인물의 입을 빌리면 할 수 있거든. 직접적으로 '나는 이런 고민이 있다'라고 말하는 것보다 '나는 이 구절이

인상적이었다. 왜냐하면…'이라고 말하면서 은근슬쩍 속마음을 드러내는 게 더 쉽잖아? 나는 너희가 첫 모임 이후 그런 대화를 나눴는지 몰랐어. 그래서 두 번째 모임이 좀 수월했구나."

미라가 말했다.

"나 그때 이후로 인생 책 계속 바뀐 거 알아? 『꿈을 지키는 카메라』에서 『체리새우: 비밀글입니다』로, 독서 모임 할 때마다 바뀌었어."

"그만큼 책을 잘 흡수한다는 거야. 그런 사람은 책을 잘 골라야 돼. 세상 모든 책이 좋은 건 아니거든. 한 권의 책을 읽고 그게 세상 전부라고 착각하면 곤란하니까. 그래서 스스로 판단이 어려운 청소년들은 권장도서를 읽는 게 좋은 것 같아. 책 읽는 게 어느 정도 몸에 배면 자연스럽게 어떤 책을 읽어야 할지 알게 되거든."

서연의 말에 미라가 생각을 덧붙였다.

"누군가 자기 인생 책이라며 추천했는데, 나는 별점 한 개도 주기 싫은 책이 있었어. 책은 상대적인 것 같아. '어떤 생각'을 하며 살고 있는, '어떤 취향'을 가진 사람이 '언제' 그 책을 만났는지에 따라 평가가 달라지는 것 같아. 옥상책빛 때 읽은 책을 지금 다시 보면 어떨까 하는 생각이 들어."

서진이가 말했다.

"난 그 모임 이후로 가끔 곽지혜 선생님께 책을 빌려서 봤어. 곽지혜 쌤은 내 마음을 어떻게 꿰뚫어 보셨는지, 나한테 딱 필요한 책을 계속 찾아주시더라. 읽은 책이 한 권씩 늘어날 때마다 현실을 바꿀 수 있겠다는 용기를 얻었어. 우리 그때 독서 모임 참 잘한 것 같아."

승윤의 말에 모두 고개를 끄덕였다.

"곽지혜 쌤도 그때부터였나 봐요. 다시 꿈을 꾸기 시작한 것이. 뭔가 새로운 도전을 하고 계신 것 같은데, 그게 뭔지 말씀은 안 해주셨어요."

"그래?"

솔희 말에 미라가 피식 웃으며 짧게 대꾸했다.

"선생님은요? 선생님은 그때 꿈이 뭐였어요? 꿈을 이루셨어요?"

도현이가 물었다.

"나? 음…. 난 그땐 학교에서 너희 같은 아이들과 어울리는 게 좋았어. 수업하며 통통 튀는 십 대들의 생각을 엿보는 것도 좋았고, 댄스 동아리에 오는 소위 학교 일진이라는 애들 이야기 듣는 것도, 너희랑 독서 모임 하는 것도. 난 아마 학생들과 사랑에 빠졌던 것 같아. 그러다가 남친도 못 만나고 결혼 때를 놓쳤나 싶기도 했어. 지금 내가 위기 학생 담당 장학사가 된 것도 그때 활동의 연장선이야. 그때는 내가 속한 학교 아이들만 봤다면 이제 조망하는 범위가 넓어졌다 뿐이지, 학교생활이 힘든 아이들과 자주 만나 이야기하는 건 똑같아. 난 그때도 꿈을 이뤘고, 지금도 꿈을 이룬 거지."

"와, 역시 우리 쌤 멋져요!"

서연이가 미라에게 존경의 눈빛을 보내며 말했다. 솔희는 미라의 이야기를 들으며 자신의 과거를 회상하고 있었다. 이어서 솔희는 20년쯤 뒤에는 과거가 될 지금 이 순간을 돌아보며 어떤 생각을 하고 있을지 짐작해 보았다.

"솔희야, 뭐해? 앞에 일기 꺼내서 열어줘."

멍하게 창밖을 쳐다보는 솔희를 보며 미라가 말했다.

"네? 아, 네…."

솔희는 이내 정신을 차리고 일기를 하나 집어 들어 펼쳤다.

"제 일기네요."

"드디어 박솔희 등장이군."

도현이가 말했다.

"우리 솔희, 등장이 좀 드라마틱했잖아? 어서 읽어줘."

서진이가 기대하며 솔희를 재촉했다.

"그래. 이미 아는 이야기도 있겠지만, 한번 만나볼게. 열다섯 박솔희."

솔희가 서연과 눈을 마주쳤다. 서연은 들을 준비가 다 되었다는 듯 솔희에게 고개를 끄덕였다. 솔희는 일기를 읽기 시작했다.

Time capsule

4장

| 옥상책빛3 | 체리새우: 비밀글입니다

1. 고아도 아닌데 보육원이라니

솔희 _ 2024년 5월 *일

나는 오늘 보육원으로 들어왔다. 엄마와 아빠가 멀쩡하게 살아 있는데 보육원이라니, 현실을 받아들일 수가 없다. 여기에 오기 싫다고 발버둥 쳐보기도 했지만 아무리 머리를 굴려도 방법이 없었다.

아빠에게 전화가 온 날이었다. 중학교 입학할 때 잠깐 본 후 만난 일도, 통화한 적도 없었다. 오랜만에 통화하는 아빠는 내 안부 따윈 궁금하지 않은 것 같았다. 엄마가 사기죄로 구속되었고, 우리 집은 곧 경매로 넘어갈 테니 새엄마 집으로 가라고 했다.

엄마가 사기죄를 지었다는 것도 충격이고, 아빠가 재혼해서 낳은 딸이 있는 그 집에 내가 들어가서 살아야 한다는 것도, 심지어 아빠는 주말에만 온다는 것까지, 모든 걸 받아들일 수 없었다. 나는 기절할 것 같았다.

엄마와 같은 집에 살면서도 보는 둥 마는 둥 그렇게 산 게 초등학교 3학년 때부터였다. 몇 년 동안 엄마를 볼 수 없다고 해도 견딜 수 있을 것 같았다. 어차피 지금도 엄마가 내게 큰 역할을 하고 있진 않기 때문이다.

작년에 돌아가신 외할머니가 너무 보고 싶었다. 한 달에 한 번씩은 오셔서 집 청소와 반찬을 해주시고 나를 목욕탕에 데려가 줬던 할머니. 장례식 때 무슨 일이 있었는지, 그 이후로 외삼촌과 엄마가 남처럼 지내는 바람에 외삼촌께도 연락을 드릴 수가 없다. 갑자기 고아가 된 것 같았다.

아빠 말을 무시하고 핸드폰을 껐다. 우리 집에서 잠을 자고 다음 날 아침 평소처럼 학교에 갔다. 학교 수업이 끝나고 집에 오니 문이 열리지 않았다. 비밀번호가 바뀐 것 같았다. 아빠가 '경매' 어쩌고 하시던 말이 떠올랐다.

핸드폰을 켰다. 아빠에게 온 문자를 보니 손이 덜덜 떨렸다. 예전 기억이 떠올랐다. 아빠는 손으로 내 머리를 후려쳤다. 무서웠다. 그때 이후로 아빠 얼굴을 제대로 보지 못했다.

비밀번호가 바뀐 집에서 나와 거리를 하염없이 걸었다. 배가 고파 편의점에서 컵라면을 하나 사 먹었다. 아빠한테 몇 번 전화가 왔지만 받지 않았다. 집에 가서 씻고 자고 싶었다. 아무리 생각해도 도움을 요청할 곳이 없었다.

담임 선생님께 전화를 드렸다. 갑자기 울음이 터져 나왔다. 울먹이며 선생님께 내 사정을 털어놓았다. 선생님은 아빠 연락처를 물어보셨다. 얼마 뒤 선생님이 차로 나를 데리러 오셨다.

선생님 차를 타고 선생님 집으로 갔다. 선생님이 주신 편안한 옷으로 갈아입고 이부자리에 누웠다. 집이 조용해서 선생님이 저쪽 방에서 통화하는 소리가 다 들렸다. 갑자기 선생님의 언성이 높아졌다. 아빠 같지도 않은 사람이 우리 쌤한테 무슨 말을 지껄이고 있을지 걱정되었다.

선생님은 아빠가 내일 서울에서 내려오실 거고, 선생님이 잘 얘기했으니까 내일 편안하게 집에 들어가라고 말씀하셨다.

다음 날 학교 수업이 끝나니 아빠에게 전화가 왔다. 아빠는 내가 입에도 담을 수 없는 험한 말을 쏟아냈다. 집에 가면 아빠는 나를 반쯤 죽여놓을 것 같았다. 그때 눈앞에 지구대가 보였다. 나는 지구대 문을 열고 들어갔다.

학교 폭력 전담관이라고 적힌 자리에 앉아 있던 여자 경찰관이 일어나 내게 다가왔다. 경찰관에게 내 상황을 말하고 도움을 요청했다. 경찰은 순찰 중인 동료 경찰에게 전화하더니, 내가 한 말을 그 상대방에게 전했다.

한 시간쯤 뒤에 순찰 나간 경찰관 두 명이 돌아왔다. 두 사람은 내가 있는 줄도 모르고 여자 경찰관에게 말했다.

"깡패가 따로 없어. 우리한테 행패 부리는 거 보니까 자기 딸 때리고도 남겠더라. 접근 금지 조치든 뭐든 해야 될 것 같아."

나는 그날도 담임인 곽지혜 선생님께 에스오에스를 요청했다. 이후 나를 누가 어디서 어떻게 보호할 것인지를 두고 경찰과 학교가 여러 차례 연락을 주고받은 것 같았다. 경찰이 관찰한 폭력 성향과 내 증언에 따라 아빠에게는 나에게 접근 금지 명령이 내려졌다.

엄마는 3년 뒤에 나온다고 한다. 엄마가 나오더라도 보고 싶지 않다. 나는 엄마 아빠 모두 용서할 수 없다. 나 같은 건 왜 태어났을까? 내가 뭘 잘못했기에 이런 부모를 만나서 비참하게 사는 걸까. 이제 나는 고아다. 앞으로 나는 어떻게 살아야 할까? 사막 한가운데 홀로 떨어진 기분이다. 죽고 싶다.

2. 솔희야, 힘 내!

지혜 쌤 _ 2024년 5월 *일

"아버님, 솔희가 지금 갈 곳이 없다고 하잖아요. 밖에 있다가 무슨 일 생기면 어떡하려고 그러세요?"

"그럼 선생님이 책임질 겁니까? 선생님이 데려다 키울 겁니까? 그럴 거 아니면 손 놓으세요. 저도 제 방식이 있습니다. 어디 버르장머리 없이 전화를 끄고 새엄마를 무시합니까? 다리를 부러뜨려서 집에서 꼼짝 못 하게 두더라도 제 일이니, 선생님은 선생님 신까지만 하시죠."

막무가내였다. 위압적인 목소리와 거친 말투에 내 손이 덜덜 떨릴 지경이었다. 솔희가 왜 그 집으로 들어가지 않으려 하는지 이해할 수 있었다.

솔희를 데리러 보육원 원장님이 학교에 오셨다. 한 시간 동안 차를 마시며 원장님과 대화를 나누었다. 경찰을 통해 솔희의 상황을 다 전해 들어 알고 계셨다. 나는 앞으로 솔희가 그곳에서 어떻게 지내게 될지 물어보았다. 대화 시간은 짧았지만, 원장님이 믿을만하고 사명감이 남다른 분임을 알 수 있었다.

이후 나와 원장님의 노력에도 불구하고 솔희는 조금씩 엇나가기 시작했다. 처음에는 아프다며 조퇴하는 일이 잦았다. 나는 솔희가 아프다고 할 때 군말 없이 조퇴를 허락해 주었다. 성적은 낮아도 성실하게 제 할 일 잘하며 선생님들께 지적 한 번 받아본 적 없는 아이였는데, 어느 날 수학 선생님께 대들었다는 이야기가 들려왔다. 반 친구 아영이와 싸움이 붙어 학교 폭력 자치위원회가 열릴 뻔한 위기도 있었다. 솔희와 아영이를 잘 다독이고, 아영이 부모님께 상황 설명을 잘 드려서 학교 폭력 사안으로 커지지 않고 마무리되긴 했지만, 솔희는 매일 살얼음판을 걷는 듯 불안해 보였다.

보육원 생활도 아슬아슬했다. 나는 보육원 원장님과 일주일에 한 번 이상 통화했다. 중학생 언니가 새로 들어와 반가운 마음에, 초등학생 동생들이 솔희의 방문을 자주 두드렸던 모양이다. 하지만 솔희가 동생들을 차가운 말로 내쫓아서 아이들이 상처를 받았고, 이후 보육원 아이들 누구도 솔희에게 말을 걸지 않는다고 한다.

솔희의 마음을 나는 잘 안다. 마음이 쓰여서 주말에 따로 만나

같이 영화를 보고, 맛있는 밥을 사주기도 했다. 하지만 솔희는 좀처럼 현실을 받아들이지 못하고 무단결석까지 하기 시작했다. 아침에 학교에 가는 모습으로 보육원을 나갔다는데, 학교에 오지 않는 일도 있었다. 그러고는 학교 수업이 끝나는 시간에 맞춰 아무 일도 없었다는 듯 보육원으로 돌아오는 솔희를 원장님도 혼내지 않았다. 보육원마저 자신을 받아들이지 않는다고 생각하면 험한 곳으로 탈선할 수도 있기 때문이다.

솔희 엄마가 교도소에 들어간 뒤부터 나의 온 관심은 솔희에게 쏠렸다. 솔희를 신경 쓰느라 반의 다른 아이들에게는 소홀해졌다. 수업 준비도 뒷전으로 밀려서, 수업을 하고 교실에서 나올 때마다 등골에서 식은땀이 났다. 하지만 내 힘만으로 솔희를 붙잡는 데에는 한계가 있었다.

중학교 때, 내 인생에서 가장 힘들었던 일을 떠올려 보았다. 그때 나를 붙잡은 건 나를 믿어주는 한 사람, 한 권의 책, 그리고 친구였다.

솔희를 믿고 도와줄 사람은 있다. 솔희가 아직 마음을 열지 않았을 뿐. 보육원 원장님이 부모보다 더 큰 믿음으로 솔희를 지지해주고 계셨다. 그렇다면 다음은 친구와 책이다.

솔희에게 책을 건넸다. 네가 지금 어떤 마음인지 안다고, 선생님

한번 믿고 책을 읽어보라고 말했다. 솔희는 비웃는 얼굴로 내게 답했다.

"선생님이 지금 제 마음을 어떻게 알아요? 좋은 집에서 공부 잘하는 아이로 자라서 세상 사람들이 인정하는 좋은 직업을 가진 선생님이 제 마음을 어떻게 안다는 거예요? 가식적으로 들려요. 모르면서 아는 척하지 마세요."

이 아이의 마음을 어떻게 열 수 있을까? 이런 일이라면 늘 자신이 있었는데 이번은 좀 어렵다. 초원중 그 녀석들은 가능할 것 같다. 언뜻 거칠어 보이지만 속에는 따뜻한 불씨를 가진, 아픔 많은 녀석들이기에 솔희도 녀석들을 만나 대화를 나누면 조금씩 상처가 치유되고 다시 일어설 힘이 생길 것 같았다.

반칙 같은 마지막 비장의 카드를 솔희에게 제시했다. 초원중 녀석들의 신상 정보를 말해버렸다. 승윤이는 이렇고, 서진이는 이렇고, 도현이는 이렇다고. 여자는 서연이 한 명인데 승윤이와 서연이 사이에는 이런 일이 있었고, 서연이는 이런 어려움을 가지고 있다고. 그러니 네 마음도 나누고 서로 위로하며 힘이 될 수 있을 거라고. 제발 선생님 믿고 한 번만 독서 모임에 참여해 보자고 사정했다. 솔희가 드디어 제안을 받아들였다. 부디 중학교 때 내가 그랬듯 솔희도 버팀목이 되는 한 권의 책을 만났으면 좋겠다.

3. 내 인생을 바꾼 마법 같은 책

미라 쌤 _ 2024년 6월 *일

두 번째 독서 모임 때 아이들이 너무 잘 해냈기에, 세 번째 독서 모임 때는 어떤 변화를 보게 될지 기대가 되었다. 녀석들 모두가 도서관에 있는 『체리새우: 비밀글입니다』를 빌려 갔다는 사서 선생님 연락에 콧노래가 나왔다.

그런데 지혜로부터 전화가 왔다. 지혜는 솔희의 사정을 들려주었다. 솔희가 옥상책빛에 참여했으면 좋겠고, 옥상책빛 모임을 아이들과 약속한 횟수보다 조금 더 하자는 이야기였다.

사연으로 말할 것 같으면 승윤, 서진, 도현이도 어디 가서 뒤지지 않을 것이다. 서연이는 집엔 별문제가 없어 보이지만, 다른 곳에 문제가 있을 것으로 짐작한다. 솔희의 사연은 어디서도 듣도 보도 못한 것이었다. 부모가 모두 살아 있는데 보육원에 들어간 아이의 심정을 어떻게 말로 표현할 수 있을까.

솔희 일로 바쁜 지혜는 옥상책빛 녀석들과 함께하는 단톡방 확인도 영 못하는 것 같았다. 이번 책을 선정한 지혜에게 아이들의 질문이 쌓였지만, 지혜는 메시지를 확인하지 않았다. 승윤이는 지혜가 옥상책빛에 관심이 떨어졌다고 오해하는 것 같았다. 두 번째 모임 때 극적으로 관심이 끓어올라 기뻤는데, 급속히 냉각되는 분위기였다.

박솔희를 독서 모임에 참여시키자고 말했을 때에도 조금 걱정스러웠다. 네 명의 아이들에게 조금씩 변화가 보이는 와중에, 갑작스런 솔희의 등장이 어떤 영향을 미칠지 짐작하기 어려웠다. 분위기가 흐려질 수도 있고, 약속한 횟수를 넘어 모임을 더 진행하자고 제안하면 아이들이 받아들일지 확신도 없었다. 하지만 때로는 이런저런 어려운 상황이 눈앞에 보여도 직진할 수밖에 없는 일이 있다. 지혜와 아이들을 믿어보기로 했다.

오늘 옥상책빛을 진행하는 장소는 옥상이 아니라 지혜의 방이었다. 지혜의 집에 도착했을 때 옆집에 사는 승윤이와 지혜가 말한 솔희가 먼저 와 있었다.

"이제 옥상은 너무 덥잖아. 에어컨 시원하게 틀어뒀어."

아이들은 작은 도서관 같은 지혜 방에 들어서자마자 눈이 휘둥

그레졌다.

"선생님, 책 엄청 좋아하시나 봐요. 무슨 도서관 같아요."

서연이가 말했다.

"와, 선생님 되려면 책을 이렇게 많이 읽어야 해요? 위미라 쌤 방에도 책 많아요?"

도현이가 물었다.

"책 제목 자세히 봐. 곽지혜 쌤 역사 전공인데, 역사랑 관련 없는 책이 더 많을걸? 교사라서 그런 게 아니라 그냥 지혜가 책을 좋아해서 그런 거야. 나도 책을 좋아하긴 하지만 지혜만큼은 아니야."

내가 말했다.

"여기 재밌는 책 많아. 너희가 좋아할 만한 그런 이야기도 많더라. 난 여기 와서 몇 번 책 빌려봤어."

승윤이는 그사이 지혜와 남다른 친분이 쌓였다는 걸 과시했다.

"우리가 좋아할 만한 그런 이야기가 뭐야?"

서진이 능청맞은 표정으로 승윤과 도현을 바라보았다. 도현은 눈치챘다는 듯 승윤에게 그 책이 뭐냐고, 자기도 빌려 가겠다고 말했다. 서연은 호기심 가득한 눈으로 방 여기저기를 탐색했고, 솔희는 불만이 가득한 얼굴이었다.

보육원에 있는 것도 싫은데, 갑자기 책을 읽으라 하고, 낯선 아이들과 책에 관해 대화까지 나누라고 하면 대체 이게 무슨 상황인가 싶을 거다. 이해한다. 해보기 전에는 그럴 수 있다.

지혜가 음료와 간식을 준비해 왔다. 내가 먼저 대화의 문을 열었다.

"새로 온 친구가 있으니 자기소개부터 하면 어떨까?"

승윤을 시작으로 서연이까지 네 명이 인사를 마쳤다.

"나는 푸른여중 박솔희."

더 이상 말을 잇고 싶지 않다는 듯 끝을 딱 자른 솔희의 말투에 분위기가 싸해졌다. 지혜도 평소 같지 않게 기운이 없어 보였다. 오늘 이 분위기는 내가 끌어올려야 한다.

"책 어땠어? 서연이부터 얘기해 볼래?"

내 말에 서연이가 지혜의 방을 둘러보던 눈을 멈추고 말했다.

"제 인생 책이 될 것 같아요."

"넌 무슨 보는 책마다 다 인생 책이야?"

서진이가 코웃음을 치며 말했다.

"아니, 이 책은 진짜라고! 내 이야기인 것 같은 부분이 많았어. 밑줄 긋고 싶어서 책도 사서 읽었어. 이거 봐."

정말이었다. 서연이가 책을 직접 사서 읽었다. 여기저기 밑줄이 그어져 있고, 포스트잇도 붙어 있었다.

"서연아, 어디가 좋았어?"

"너무 많은데, 일단 여기 23쪽요. '깨어 있는 척이고, 깨끗한 척이고, 그 기준을 누가 정하는 거지? 자기 마음에 안 들면 일단 선비질, 진지충 딱지부터 붙이는 거 아닌가.' 저는 별로 '척'한 게 없는데, 자꾸 애들이 '척'한다고 말해서 힘들었어요."

"무슨 척?"

서진이가 물었다. 서연이는 아직 그것까진 말하고 싶지 않다는 눈빛을 보냈다. 나는 서진이에게 질문을 돌렸다.

"서진이 넌 어땠어? 마음에 드는 문장 하나 얘기해 볼래?"

"저는요, 일단 여자애들은 좀 복잡하구나, 하는 생각을 했고요. 그런데 이 부분에 동의해요. 애들하고 잘 섞이려고 무리의 의견에 동조하다 보면 내가 싫어하지 않는 친구 욕도 하게 되거나, 불편한 행동도 해야 해요. 내가 하고 싶은 대로 행동하는 게 얼마만큼일지 생각해 봤어요. 가만 보니 남들 시선에 신경을 많이 쓴다는 생각이 들어요."

"그래, 나도 비슷한 생각을 했어. 나도 남들 시선을 많이 의식하거든. 모두가 나를 좋아할 수는 없는 건데. 은유처럼 저렇게 마음이 강했으면 좋겠어."

서연이가 그렇게 말하며 뭔가를 더 애기할 듯하더니 주춤거렸다.

"도현이는?"

"네? 저는… 사실은 좀 비슷한 경험이 있었어요. 이제 애들도 다 아니까 편안하게 얘기할 수 있는데, 초등학교 때 반 애들 몇 명이 우리 엄마가 필리핀 사람인 걸 알았거든요. 같이 잘 놀던 애들이 저를 은근히 따돌렸어요. 학교에 가기 싫어서 며칠 동안 배가 아프다고 엄마한테 거짓말을 했는데, 신기하게 진짜 배가 아파지더라고요. 나만 왜 이런 일을 겪는 건지 서럽고, 이게 다 부모님 때문이라고 원망했는데, 이 책 읽어보니 은따를 경험하는 아이들이 많은 것 같아서 위로가 됐어요. 앞으로는 그런 일이 생겨도 당당하게 맞설 수 있을 것 같다는 용기도 생기고."

"오오!"

아이들이 도현의 말에 감탄사를 보냈다. 지혜는 고개를 푹 숙이고 있는 솔희의 눈치를 보느라 대화에 집중하지 못하고 있었다.

"어차피 우리는 모두 나무들처럼 혼자야. 좋은 친구라면 서로에게 햇살이 되어주고 바람이 되어주면 돼. 독립된 나무로 잘 자라게 서로에게 도움이 되는 존재."

승윤이가 마음에 든 문장 전체를 읽었다.

"몇 쪽이야?"

서연이가 물었다. 승윤이가 '156쪽'이라고 말하자 아이들은 바쁘게 손을 움직여 그 부분을 찾아 눈으로 읽었다. 방법을 알려주지 않아도 아이들은 저절로 독서 토론 방법을 터득했다.

"멋있지 않냐? 우리 모두 나무들처럼 혼자래. 서진, 도현. 우리 서로에게 햇살과 바람이 되어주고 있을까? 폭풍과 천둥 번개는 아니겠지?"

서진이와 도현이가 웃었다. 서연은 옆에 앉은 솔희를 의식하며 솔희에게 간식을 건넸다. 솔희는 작은 목소리로 "고마워"라고 말하고는 서연이가 건넨 초콜릿을 입에 넣었다. 나는 조심스럽게 말을 걸어보았다.

"솔희는 어떤 문장이 마음에 들었어?"

1초, 2초, 3초…. 1분 같은 10초가 흘렀다. 정적.

"에어컨 온도를 너무 낮췄나? 얘들아, 좀 춥지?"

지혜가 갑자기 일어나 에어컨 온도를 올렸다.

"너희 나이 때에는 친구가 정말 중요하잖아. 나도 그땐 친구 없이 혼자 길을 걸으면 사람들이 나를 왕따처럼 볼까 봐 의식하고 그랬어. 집안일로 힘들 때 나를 잡아준 게 친구와 책이었어. 그래서 내 방에 책이 이렇게 많아."

지혜 말에 솔희가 잠시 고개를 들었다.

"집에 무슨 일이 있었어요?"

승윤이가 물었다.

“내가 입양됐다는 걸 중학교 2학년 때 알게 됐거든.”

순간, 아이들은 모두 얼음이 되었다. 솔희도 놀란 낯빛이었다.

“그런 애잔한 눈빛을 보내면 내가 적응이 안 되잖아. 특히 서서연. 옥상에서 나를 노려보던 그 눈빛 어디 갔어?”

지혜가 무거운 분위기를 가볍게 만들려고 농담을 던졌다.

“쌤, 그때 얘기는 이제 안 하면 안 돼요? 쪽팔려요.”

“그래 알았어. 난 괜찮으니 그렇게 불쌍한 사람 보듯 하지 않아도 돼. 물론 충격이었어. 방황도 많이 했고. 그때 내 옆에서 손을 내밀어준 친구가 미라였어. 미라한테 내 이야기를 다 털어놓으니 내가 겪고 있는 일이 좀 가볍게 느껴지더라. 그리고 한 권의 책이 나를 바로 세웠지. 책이 웬 말이냐 싶은 순간에 우연히 한 권의 책을 읽게 되었고, 그 책이 내 인생을 바꾼 거나 마찬가지였거든. 너희에게 독서 모임을 제안한 것도 그런 내 경험 때문이었어. 너희한테도 그렇게 마법 같은 일이 일어날 수도 있잖아?”

“그 책이 뭐예요?”

“넌 이미 빌려 갔잖니. 제제.”

“아!”

승윤과 지혜가 암호를 주고받는 듯한 대화를 나눴다.

“전 이제 ‘그래서 뭐? 어쩌라고!’를 연습해 보려고요.”

서연이 결심한 듯 말했다.

“갑자기? 왜?”

서진이가 맥락 없이 툭 튀어나온 서연의 말에 설명을 좀 해달라는 반응을 보냈다.

“실은… 나 초등학교 때 왕따를 당한 적이 있었어.”

그동안 서연을 보며 이해되지 않았던 행동들의 배경이 무엇인지 이제야 알 것 같았다.

“나는 아무런 척을 한 적이 없는데, 김민지가 예쁜 척한다며 나를 왕따시켰어. 초등학교 4학년 때였어. 그래서 1년 동안 주눅 들어 살았어. 초등학교 5학년 때 우리 반에 공부 잘하고 운동도 잘하는 남자애가 있었는데, 걔가 나를 좋아한다는 거야. 걔가 나한테 잘해주니 다른 애들도 나한테 잘해주더라. 그래서 다시 친구가 많아졌어. 나중에 알고 보니 김민지가 걔를 좋아했대. 그래서 김민지도 그때 이후로는 나를 안 건드렸어. 그때 잘못 깨달은 것 같아. 친구들한테 예쁜 척한다는 소리 안 들으려면 털털한 척하고 거친 말도 해야 한다고. 힘이 센 남자애가 좋다고 하면 사귄 것도 그런 이유 때문이야. 애들이 나한테 함부로 대하지 못하게 하려고. 그런데 이 책이 나한테 용기를 줬어. 나는 나 자체로 괜찮은 사람인데, 그

걸 몰랐던 것 같아. 이제 다른 사람 시선에 휘둘리지 않고 싶고, 그럴 수 있을 것 같아. '그래서 뭐? 어쩌라고!' 이렇게 생각해 보려고."

서연의 용기에 박수를 치고 싶었다. 서진과 도현도 이제야 서연이를 이해하겠다는 듯 고개를 끄덕였다.

"내가 말했잖아. 서서연 너는 가만히 있어도 주위 사람들을 환하게 해준다고. 그게 네 장점인 것 같아."

서진의 말에 도현도 동의한다는 반응을 보냈다.

"서서연, 그럼 나랑 사귄 것도 그런 이유였고, 헤어진 것도 그런 거였어?"

서연의 말 한마디 한마디에 승윤은 현타가 온 것 같았다. 서연은 거기까지는 생각하지 못한 것 같았다. 승윤의 말에 놀라 자기 입을 가렸지만 이미 때는 늦었다.

"미안."

서연은 어쩔 줄 몰라 했지만 승윤은 그동안 어느 정도 마음 정리가 끝났는지, 생각보다는 괜찮은 얼굴이었다. 서진과 도현은 승윤이 입에서 어떤 말이 나올지 걱정이 되는 것 같았다.

"이미 쪽팔린 건 다 겪어서 괜찮아. 그랬구나. 솔직히 그땐 화도 나고 이해도 안 되고 배신감도 느끼고 그랬는데, 이제 네가 이해

돼. 나 이제 괜찮으니까 우리 편하게 친구 하자."

승윤이 입에서 의외의 말이 나오자 다들 어떤 반응을 보여야 할지 갈피를 잡지 못했다.

"저… 분위기 깨서 죄송한데…."

드디어 입을 연 박솔희에게 모두의 시선이 꽂혔다.

"제가 낄 곳이 아닌 것 같아요. 죄송합니다."

솔희가 자리에서 일어나 문을 열고 나갔다. 지혜는 서둘러 차 키를 챙겨 솔희를 따라 나갔다. 지혜는 이런 상황도 미리 예상한 것 같았다. 이런 일이 생기면 모임 마무리를 잘 해달라고, 그리고 아이들에게 다음 모임 얘기를 좀 해달라고 내게 미리 부탁했었다.

"헐, 이 분위기 어쩔…."

도현이가 어색함을 깨고 말했다.

"애들아, 사실은 솔희가…."

나는 솔희가 어떤 일을 겪고 있는지, 왜 지혜가 그동안 단톡방에 답도 제대로 못 했는지, 오늘도 독서 토론에 집중하지 못했는지 아이들에게 설명해 주었다.

"나보다 더 불쌍하네. 쩝."

서진이가 말했다.

"되게 용기 있는 애 같아. 경찰서에 들어가 신고하다니. 쟤 좀 멋지다. 친해지고 싶어."

승윤이가 말했다.

"너, 혹시…?"

도현이 승윤의 말을 곡해하며 장난쳤다.

"아니, 이성으로 말고, 여자 사람 친구 하고 싶다고!"

승윤이 발끈하며 진심을 설명하려 애썼다.

"내가 여기서 유일한 여자인데 먼저 말도 좀 걸고 그럴 걸 그랬어. 뻘쭘했을 것 같아."

분위기가 좋게 흘러가는 것 같아 지혜가 부탁한 얘기를 꺼내려고 했다.

"그래서 말인데, 오늘이 약속한 마지막 독서 모임이잖아. 분위기가 이렇게 돼서 미안하고…."

"아! 우리 오늘로 옥상책빛 끝이군요?"

"이게 벌이었다는 걸 잊고 있었어."

서진과 도현이가 이제야 깨달았다는 듯 말했다.

"그래서…."

나는 다시 마음을 가다듬고 말을 이으려 했다.

"쌤!"

승윤이가 내 말을 가로막았다.

"우리 옥상책빛 좀 더 하죠?"

도현과 서진이 놀라 서로를 바라보았다.

"박솔희 재, 지금 의지할 곳이 어디 있겠어요? 세상 모든 게 다 싫을 텐데, 다 싫다고 혼자 있으면 더 안 좋을걸요? 주위에 우리 같은 조합의 친구들이 있을 것 같진 않은데, 우리 정도는 돼야 박솔희 친구가 될 수 있을 것 같은데요? 박솔희 설득은 곽지혜 쌤이 잘 하시겠죠?"

순간 승윤에게 반할 뻔했다. 김승윤 입에서 이런 말이 나온 걸 승윤의 담임 선생님이 알면 아마 기절할 것이다.

"실은 내가 그 말을 하려던 참이었어. 지혜가 나한테 부탁했거든. 옥상책빛 두 번만 더 하자고. 서진, 도현, 서연이 생각은 어때?"

"저도 좋아요. 제가 다음 모임 전까지 솔희랑 톡으로 좀 친해져 볼게요."

서연이는 오늘 계속 큰 용기를 내는 것 같았다. 기특해서 머리를 쓰다듬어 주었다.

"쌤, 저는 솔직하게 얘기해도 돼요?"

서진이 뭐라고 말할지 조금 긴장이 되었다.

"구시렁대면서 시작했는데, 4월부터 지금까지 책 읽고 얘기 나누면서 저도 괜찮은 사람이 될 수 있을 것 같은 용기가 생겼어요.

책 읽는 게 뭐라고, 제가 좀 괜찮은 인간이 된 것 같고, 이 기회에 조금 더 읽어보고 싶어요."

서진의 말에 도현이가 머리를 긁적이며 말했다.

"나도 편안하게 말할게. 학교 다른 애들이 들으면 가오 빠진다고 놀리겠지만 나도 옥상책빛이 좋아. 의외로 재밌어. 속마음 얘기하고 나면 기분도 좋고. 마음이 울렁울렁하는 게 신기해. 그리고 누가 뭐라고 하든 나는 내 삶을 살고 싶다는 생각이 들어. 서서연 말처럼. 그래서 뭐? 우리 엄마 필리핀 사람이고 나도 혼혈인데 뭐! 어쩌라고? 이렇게 말할 수 있는 배짱도 생긴 것 같아."

모임을 더 이어가자는 말에 아이들이 보낼 야유가 조금 두려웠는데, 이렇게 잘 풀릴 줄 몰랐다. 고마워서 아이들에게 절이라도 하고 싶은 마음이었다.

"간식 다 먹어. 남기고 가면 민폐야."

"쌤, 뭐 그런 걸 걱정하세요? 제가 다 먹을 건데요."

서진의 말에 모두가 아까의 묵직한 기운을 깨고 밝게 웃었다.

"다음 모임 책은 아직 정하지 못했어. 나중에 단톡방에 공지할게."

4. 왕따였던 나, 체리새우 주인공처럼

서연 _ 2024년 6월 *일

초등학교 4학년 때 이후 처음으로 왕따 이야기를 끄집어냈다. 『체리새우: 비밀글입니다』를 읽으며 그때 내가 왜 왕따가 되었는지 생각해 보았다.

나는 '척'을 한 적이 없었다. 있는 그대로의 내 모습대로 행동했을 뿐인데, 지금 생각해 보면 김민지는 나를 질투한 것 같다. 김민지가 아이들에게 내 험담을 했을 때 그런 적 없다고 받아치고 잘 지내던 친구들에게도 적극적으로 다가갔어야 했는데, 그때 나는 반대로 행동했다. 두려워서 뒤로 물러났고, 입을 다물고 고개를 숙였다. 반 아이들이 모두 김민지 편이 된 것 같았다.

나는 계속 작아지고 조용해졌다. 초등학교 때였으니 선생님께 도움을 요청할 수도 있었을 것이다. 하지만 적극적으로 방법을 찾지 않고 나를 모함하는 아이들 앞에 굴복했다.

오대한처럼 힘이 센 애랑 사귀면 아무도 날 건드리지 않을 거라고 생각했다. 하지만 그런 애랑 사귀지 않으면 나는 자신을 지킬 수 없는 사람인가? 나는 그 정도 힘도, 매력도 없는 사람일까? 책을 읽으며 나에게 여러 가지 질문을 던졌다. 다른 사람이 평가하는 말에 감정이 오락가락하는 내 모습이 떠올랐다.

책을 읽으며 알게 되었다. 세상 사람 모두가 나를 좋아하는 건 불가능하다는 걸. 사람들은 자신이 아닌 다른 사람에게 그다지 관심이 많지 않다는 걸. 사소한 오해로 시작해 상대방을 싫어하기도 하지만, 사소한 일이 계기가 되어 오해를 풀고 친해질 수도 있다는 것까지.

나는 다른 사람들의 시선에 쓸데없이 에너지를 낭비하고 있었다. 그리고 나 스스로한테 집중한 적이 없는 것 같았다.

그래서 나도 『체리새우: 비밀글입니다』의 주인공 다현이처럼 일기를 쓰기 시작했다. 그날 있었던 일 중 특별히 기분이 좋거나 나빴던 일을 쓰고, 그 일에 대한 내 생각을 적었다. 또 일기 끝에는 내 장점을 하나씩 적었다. 생각이 잘 나지 않을 때는 어제 쓴 장점을 다시 한번 적었다. 적다 보니 주위 사람들이 뭐라고 말하든 나는 나 자체로 꽤 괜찮은 사람이라는 걸 알게 되었다.

나는 부모님께 다정한 딸이다. 나는 잘 웃는다. 나는 얼굴이 희고 피부가 좋다. 나는 눈이 크다. '진짜 나'는 친구들에게도 다정하다. 거친 말투는 내 진짜 모습이 아닌데, 나 스스로를 보호하려고 그랬다는 걸 알게 되었다. 이제 나답지 않은 말을 쓰지 않을 것이다. 나는 여성스럽다(털털한 모습이야말로 '척'이었다). 나는 책을 좋아한다(얼마 안 됐지만. 히힛). 나는 나를 사랑한다.

이제 김민지 같은 아이가 나를 험담하더라도 당당하게 맞설 자신이 생겼다.

그래서 뭐! 네가 그런다고 내가 서서연이 아닌 건 아니거든.

그래서 어쩌라고? 넌 그렇게 생각해. 네가 무슨 생각을 하더라도 난 관심 없어.

이거 꽤 괜찮은 마법의 주문이다. 갑자기 세상 모든 게 만만하게 느껴진다. 입꼬리가 배슬배슬 올라가고 뱃속이 간지럽다.

'아, 참!'

박솔희가 단톡방에 초대되었다. 폰 번호를 몰라서 오픈 채팅을 신청했다. 두근거리며 반응을 기다렸다. 내가 보낸 톡 옆에 숫자 '1'은 사라졌지만, 한참을 기다려도 답이 없었다.

솔희 이야기에 사실 많이 놀랐다. 어떤 마음일지 짐작도 되지 않았지만 한 가지는 알 수 있었다. 솔희는 지금 많이 힘들고 외로울

거다. 어쩌면 곽지혜 선생님께 위미라 선생님이 그랬듯, 내가 솔희의 마음을 잡아줄 한 명의 친구가 될 수도 있을 것 같다. 왜냐하면 나는 예전의 서서연이 아니니까. 나의 주특기인 해맑음으로 들이대면 솔희 마음도 조금 밝아지지 않을까?

솔희에게 답이 왔다. 어색한 대화를 주고받다가, 주말에 도서관에서 같이 만나 책을 읽자고 말했다. 답이 없었다. 부담스러워하는 것 같아 말한 걸 후회했다. 한참 뒤에 솔희에게 답이 왔다. 내가 사는 동네 도서관에서 만나자는 것이었다.

대박! 성공이다. 만나서 어떻게 해야 할까? 일단 어색하게 인사를 하고, 도서관으로 들어가 책을 읽다가, 몸이 뒤틀릴 때쯤 나가서 좀 쉬고, 매점에서 음료수를 사서 나눠 마시면서…. 그다음에는 무슨 얘기를 하지? 어떤 아이돌 좋아하냐고 물을까? 아, 모르겠다. 머리가 뒤죽박죽. 대화는 어떻게든 되겠지. 일단 오늘의 나, 칭찬해.

5. 2049년, 잘 견딘 시간들

솔희는 그때 심정이 다시 떠오른 듯 잠시 눈을 감고 있었다. 친구들과 미라는 솔희가 감정을 추스를 때까지 조용히 기다렸다. 솔희는 살며시 입가에 미소를 띠며 눈을 떴다.

"잘 견뎠다. 박솔희."

혼잣말을 한 솔희는 친구들을 바라보았다.

"그때 너희를 만나지 않았다면 힘든 시간을 견뎌낼 수 없었을 거야. 곽지혜 선생님이 담임이 아니었다면 나는 지금 어떤 모습일까? 내가 초반에 너희들 힘들게 한 일이 떠올라. 다 끝난 모임인데 나 때문에 다시 시작했잖아?"

"덕분에 우리도 점점 사람 됐지 뭘. 서로 잘된 일이었어."

승윤이가 웃으며 말했다.

"그땐 죽을 것처럼 힘들었는데, 시간이 모든 것을 해결해 준다는 말, 식상하지만 사실이었어. 보육원에서 지낼 때는 하루가 일 년 같았는데 어느새 훌쩍 25년이 지났어. 뒤돌아보니 인생이 참 짧아. 그리 옛날 일은 아닌 것 같은데 25년이나 지났다고 생각하니 놀라워. 20년이 우습게 지나는 느낌이야. 우리 이러다 금방 환갑 되겠는데?"

"나도 솔희 말에 공감해. 스무 살 때가 아직도 또렷하게 기억나는데 벌써 20년이나 지났다고 생각하니 소름 돋더라. 세월이 쏜살같이 지났다는 말을 어르신들이 왜 하는지 알겠어."

서진의 말에 미라가 발끈했다.

"어허, 오십 대 중반인 선생님 앞에서 젊은 녀석들이 못 하는 말이 없어."

모두 한바탕 웃음을 터뜨렸다.

"곽지혜 선생님이 애쓰신 건 알고 있었지만 이 정도인 줄은 몰랐어요. 쌤이 잡아주지 않았다면 저는 지금 이 자리에 없을지도 몰라요. 별생각을 다 했거든요. 저를 살려주신 은인이나 마찬가지예요. 미라 쌤도, 너희들도 전부 다."

"야, 그런 소리 하지 마. 나도 너희 아니었으면 계속 지옥에서 살았을 거야. 여기 서로에게 도움받지 않은 사람 없을걸?"

승윤이가 말했다.

"맞아. 내가 고등학교 때 모델 선발대회에 나갈 수 있었던 것도 옥상책빛 하면서 용기를 얻었기 때문이야."

"그나저나 솔희야, 너 아직도 엄마랑 연락 안 해?"

미라의 말에 솔희는 대답 없이 자기 앞에 놓인 커피잔을 만지작거렸다.

"엄마한테도 사정이 있지 않으셨을까? 살아보니 너희도 그렇지 않든? 시작은 선한 의도였는데 자기도 모르게 잘못한 일이 되어버렸다든가, 내가 그때 왜 그랬는지 도무지 이해가 되지 않는, 그런 일을 한 번쯤 겪지 않았어? 엄마 이야기도 한번 들어봐야 하지 않을까? 나중에 네가 후회할까 봐 그래."

솔희는 여전히 커피잔만 바라보았다.

"그래, 너도 생각이 있겠지. 괜한 말을 한 거라면 미안해."

"아니에요, 선생님."

솔희가 억지로 웃어 보였다.

"그때 분위기 정말 난감했잖아. 곽지혜 쌤은 어떻게 박솔희 마음을 잡았을까 궁금했어."

승윤이 말에 솔희가 희미하게 미소를 보였다.

"사실 도망갔던 독서 모임 때부터 좋았어. 어색했지만 딱 봐도 나보다 공부도 못하고 문제투성이인 것 같은 애들이 책을 읽고 대화를 나눈다? 그것부터 놀라웠거든. 이미 너희들 사정도 다 알고 있었고. 그럼에도 책을 읽는다는 게 신기했어. 내가 그때 도망갔던 건 곽지혜 선생님한테 죄송해서야. 선생님께도 그런 사정이 있는 줄 모르고 내가 막말을 했거든. 그게 너무 미안해서 앉아 있을 수가 없었어."

위미라는 솔희의 마음을 알고 있었다는 듯 인자한 미소를 띠고 고개를 끄덕였다.

"그러고 보니 서서연, 그때 이후로 책 많이 읽었잖아. 책 읽으면서 성적도 조금 올랐고. 요즘은 왜 책 안 읽어?"

"한때는 책 읽는 재미에 푹 빠졌는데, 언제부터 책을 안 봤을까? 책보다 더 재밌는 세상을 만나고부터였던 것 같은데. 그러고 보니 20대 때부터 세상에 휩쓸린 것 같아. 열다섯 살 때 '나는 나'라는 걸 깨달았는데, 오히려 나이가 들면서 세상의 소리에 귀를 기울였고, 내 안의 소리를 외면한 것 같아. 넌 어때?"

서연이 승윤을 보며 물었다.

"책을 읽긴 하는데, 당장 필요한 것만 찾아 읽는 것 같아. 운동 관련 책만 읽다 보니 직업 관련 지식은 쌓였는데, 우리가 그때 나눈 고민들, 그러니까 '나는 누구이며, 왜 사는지'와 같은 삶의 본

질에 대한 이야기를 통 읽지 않아서 생각을 안 하고 사는 것 같아."

"와, 역시 어릴 때부터 책을 읽은 사람은 다르다니까!"

승윤의 말에 서진이가 호응했다.

"아직 일기 많이 남은 거 알지? 빨리 다 읽고 싶은데, 나만 그런가?"

"아냐, 나도 궁금해! 일기 전달할게!"

도현의 말에 솔희가 동의하며 꼬깃꼬깃 접힌 일기를 펼쳤다.

"이번에도 내 일기야."

6. 나를 붙잡은 지혜 쌤의 편지

솔희 _ 2024년 6월 *일

곽지혜 쌤이 뒤따라 나왔다. 선생님께 죄송해서 뛰어나온 건데, 끝까지 쫓아오니 더 이상 뛸 수 없었다. 죄송하다고 말해야 했지만 입이 떨어지지 않았다. 뿔 난 사람처럼 입을 꾹 다물고 고개를 숙였다. 쌤이 보육원까지 태워다 주는 동안 한마디도 하지 않았다.

“너, 고집이 보통 아니구나?”

선생님이 드디어 화가 난 것 같았다. 끝까지 입이 떨어지지 않는 내가 원망스러웠다. 선생님이 봉투를 내밀었다. 난 그걸 받고는 도망치듯 뛰었다.

To. 솔희

제자에게 나의 예전 이야기를 꺼내는 게 처음이라 조금 긴장돼. 네 마음을 잡기 위해 내가 선택한 방식에 네가 적잖이 당황한 것 같아. 내가 왜 독서 모임을 제안하게 됐는지 설명이 좀 필요하겠다 싶어.

나는 중학교 2학년 때, 부모님이 친부모님이 아니라는 걸 알게 되었어. 우연히 엄마가 이모와 하는 통화를 엿들었어. 조용히 통화하시는 엄마를 놀래주려고 살금살금 옆으로 다가갔다가 엄청난 이야기를 듣게 된 거야.

나는 돌이 채 안 되었을 때 엄마 아빠의 품에 오게 되었대. 친부모님 소식은 지금도 몰라. 내가 선생님이 된 이후에 부모님과 함께 친부모님을 찾아보려고 나섰지만 찾지 못했어.

지금은 담담하게 이야기할 수 있지만, 그땐 세상이 끝나는 줄 알았어. 내가 알고 있던 모든 게 사실이 아닌 것 같았어. 내가 누군지도 모르겠더라. 그 일이 있기 전까지만 해도 반에서 늘 1등만 하는 모범생이었는데, 1년 동안 성적이 쭉쭉 떨어졌어. 학교 수업이 끝나면 부모께 챙김 받지 못하는 아이들과 어울려 술을 마시고 담배까지 피워봤어.

정말 막 나갔지? 그때 욕도 많이 배웠어. 지금은 지우고 싶은 흑역사지만.

그렇게 내가 방황하는 동안에도 부모님은 한결같은 사랑을 주셨어. 처음엔 '친자식도 아닌데, 이렇게 못되게 굴고 공부도 안 하고 담배까지 피우는 나한테 왜 계속 잘해주는 거야?'라고 생각했어. 가식이라고 여겼지. 마음이 비뚤어질 대로 비뚤어졌던 거야.

반항하는 데에도 에너지가 필요하더라. 당시엔 몸도 힘들고 마음은 더 힘들었어. 외롭고 비참한데 부모님이 계속 잘해주시니, 더 비참하더라. 내가 쓰레기처럼 느껴졌어. 우리 집 애완견도 어미를 떠나 내 부모를 제 부모라 여기며 살고, 자기한테 잘해주는 사람 뒤를 졸졸 따라다니며 애교를 부리는데, 나는 뭘 하는 건가 싶더라.

그러던 어느 날, 도서관에서 책 읽기 수업을 했어. 권장도서 목록에 있는 책 중 마음에 드는 한 권을 골라 몇 시간 동안 읽는 거였는데, 마침 눈에 들어온 책이 있었어. 그때는 그 책이 유명해서 아이들이 너도나도 그 책을 읽고 싶어 했는데, 내가 제일 먼저 찾아냈어. 제목은 『나의 라임 오렌지 나무』(J.M. 바스콘셀로스)야.

주인공 제제의 부모님은 무척 가난해. 다섯 살밖에 안 된 제제를 가혹하게 때려. 한 번은 누나, 형, 아빠가 돌아가며 제제를 때려서 일주일 정도를 앓았어. 사람들은 가끔 크리스마스에도 악마 같은 아이가 태어난다고 말하곤 했는데, 제제는 자신이 그런 아이인 줄 알았어.

가족들은 제제를 쓸모없는 존재로 취급했지만, 제제는 사실 무척 영리하고 조숙하고 섬세한 아이였어. 글을 혼자 깨우쳤고, 노래 가사든 뭐든 들리는 것을 그대로 잘 외우는 재주도 있었어. 좋은 환경에서 태어나 좋은 말을 많이 들었다면 좋은 언어를 외웠을 텐데, 제제가 사는 환경은 별로 좋지 않았지. 하지만 제제는 비참한 현실을 이겨내기 위해 상상의 세계를 만들고, 거기서 행복을 느끼는 순수하고 사랑스러운 아이였어.

그런 제제를 단 한 사람이 알아보게 돼. 제제가 뽀르뚜가라고 부른 아저씨인데, 제제의 아빠보다 나이가 더 많아서 거의 할아버지뻘 나이인 것 같아.

제제의 긍정적인 면을 모두 알아본 뽀르뚜가 아저씨는 제제를 너무나 사랑하게 되었어. 그래서 제제에게 친아빠와 같은 존재가 되어주겠다고 약속했지. 자신을 진심으로 사랑해 주는 사람이 생기니 자신도 쓸모 있다는 생각이 든 제제는 착한 아이가 되고 싶어졌어. 그 뒤로는 욕도 하지 않고 예전처럼 장난도 치지 않았지. 제제는 자기 아빠에게도 한 적 없는 부드러운 뽀뽀로 아저씨께 고마움을 표현해.

그러던 어느 날, 뽀르뚜가 아저씨가 기차 사고로 갑자기 세상을 떠났어. 제제는 오랫동안 앓았어. 자신의 한 세계가 무너졌으니 얼마나 아팠을까. 하지만 뽀르뚜가 아저씨가 가르쳐준 사랑이 제제를 살게 했지. 제제는 아픔을 딛고 일어나 예전보다 좀 더 마음이 단단한 아이가 돼.

『나의 라임오렌지 나무』를 읽고 나도 마음을 잡았어. 나에겐 우리 양부모님이 뽀르뚜가 아저씨 같은 존재라는 걸 알게 되었어. 피가 섞인 부모는 아니지만, 내게 진정한 사랑을 주신 분. 친부모가 아니라도 그런 마음을 주고받을 수 있는 사람이 있다는 게 더 중요하다는 걸 알게 됐어. 자신을 믿고 진정한 사랑과 응원을 보내주는 단 한 사람만 있어도 사람은 잘 성장할 수 있나 봐.

제제에게 뽀르뚜가 아저씨는 '함께 있을 때 가슴 속에 행복의 태양이 빛나는 것같이 느껴지는 사람'이었어. 내게는 양부모님이 그런 존재였는데, 솔희 네게는 보육원 원장님이 그런 사람이 될 수 있을 것 같아. 그리고 나도 그런 사람이 될 수 있지 않을까?

옥상책빛 친구들 모두 상처가 많아. 그래서 네 마음도 잘 이해할 수 있을 거라고 생각해. 한두 번의 독서 토론 경험이 네 인생을 바꾸진 않더라도, 네 생각이 바뀌는 시작점 정도는 될 수 있을 거야.

인생은 속도가 아니라 방향이라는 말 들어본 적 있어? 비행기가 출발할 때 실수로 핸들 각도를 5도만 틀어도 도착 지점이 100km 이상

달라진다고 해. 그만큼 방향이 중요하다는 말이지. 독서 모임도 그렇게 생각해 보면 어떨까? 마음이 혼란스러운 너를 좀 더 좋은 지점에 도착하도록 각도를 만들어줄 거라고. 혹시 누가 알겠어? 옥상책빛으로 만난 인연이 네 오랜 친구가 될지.

From. 담임 선생님

다음 날 학교 도서관에서 『나의 라임 오렌지 나무』를 빌렸다. 어떤 책이기에 1년이나 방황하던 선생님 마음을 잡아주었다는 건지 궁금했다. 아빠와 가족에게 맞는 제제를 보며 울었다. 아빠를 신고하지 않았더라면 새엄마와 아빠가 사는 그 집에서 내가 그렇게 맞았을지도 모른다는 생각이 들었다.

선생님 말씀대로 제제는 영리하고 사랑스러운 아이였다. 그런 아이를 알아보지 못하는 가족이 원망스러워, 뽀르뚜가 아저씨가 제제의 진짜 아빠가 되면 좋겠다고 생각했다.

그러다 뽀르뚜가 아저씨도 떠나고 라임 오렌지 나무도 말을 할 수 없게 된 부분에서는 눈물이 펑펑 쏟아졌다. 제제의 마음이 지금 내 마음 같아서 눈물이 멈추지 않았다.

제제는 얼마나 아팠을까. 작고 어린 제제가 겪은 아픔을 생각하니 나도 같이 아팠다. 그런데 제제는 아픔을 딛고 일어났다. 저 작은 아이도 일어났는데, 나도 힘을 낼 수 있지 않을까?

교무실에 담임 쌤을 만나러 갔다. 죄송하다는 말씀을 드리고 싶었는데, 입이 떨어지지 않았다. 고개를 숙이고 쭈뼛대며 똥 마려운 강아지처럼 선생님 앞에 서 있었다.

"솔희야, 선생님한테 미안해서 그러지?"

나는 말없이 고개를 끄덕였다.

"내가 좀 눈치가 빠르지?"

선생님이 웃었다. 나도 피식 웃음이 새어 나왔다.

"어어! 박솔희 웃었다. 그럼 지금이 딱 좋은 타이밍이겠는데?"

쌤은 다음 독서 모임 책인 『페인트』를 주셨다.

"내가 한 번 읽고 밑줄을 그은 책이라 좀 어수선할 거야. 새 책은 아니지만 너 주고 싶은데, 받아줄래? 쌤은 전자책도 있고."

나는 또 소리 없이 고개를 끄덕였다.

교실로 와 책을 스르륵 펼쳐보았다. 새 책보다 쌤이 밑줄 그은 책이라 더 좋았다. 밑줄을 그었다는 건 마음에 든 문장이라는 거니까. 쌤 마음을 엿보는 것 같다.

여기에 들어온 지 한 달이 조금 지났다. 아직 내 마음에는 폭풍이 일고 있다. 아침에 눈을 뜨면 내가 누워 있는 여기가 어딘지, 현실을 인식하는 데 시간이 필요하다. 이 공간에는 엄마가 없고, 전화를 걸어도 엄마는 받지 않을 것이다. 게다가 나에게 아빠는 없다. 나는 혼자다.

같은 방을 쓰는 동생 희진이가 내 손을 잡는다. 희진이 손에 끌려 식당으로 간다. 식판에 밥을 받아 자리에 앉으면 어느새 내 옆에 원장님이 와서 앉는다. 어제 잠은 잘 잤는지, 오늘은 무슨 수업이 있는 날인지, 기분은 어떤지 다정하게 물어보신다. 친부모 때문에 나는 이곳에 와 있지만, 친부모가 아니더라도 나를 진심으로 사랑하고 걱정하는 단 한 사람이 있다면 내 미래도 빛날 수 있을까?

나에게 일어난 일을 차분히 받아들이려면 시간이 더 필요할 것이다. 아직 모든 게 어렵다. 바로 설 힘이 부족해 다른 사람의 마음을 헤아리고 배려할 여유가 없지만, 더 이상 원장님과 담임 쌤을 힘들게 하고 싶지는 않다. 그 사람들마저 잃고 싶지 않다.

주말에 서연이를 만나기로 했다. 나는 솔직히 독서 모임에 처음 갔을 때부터 서연이와 친해지고 싶었다. 얼굴이 강아지처럼 생겨서 호감이 가는데, 그런 아이가 나에게 먼저 만나자고 연락을 해왔다. 서연이를 도와주려면 내가 먼저 책을 읽어두는 게 좋을 것 같다.

7. 2049년, 친구란 나를 나답게 만들어주는 사람

“솔희야, 나 방금 고백받은 거야?”

일기를 다 읽은 솔희에게 서연이가 활짝 웃으며 말했다.

“새삼스럽게 왜 이래.”

솔희가 희미하게 웃으며 쑥스러운 듯 대답했다.

“마음이 가는 대로 행동하길 정말 잘했어. 이상하게 나도 친해지고 싶었거든.”

이 두 사람이 함께 노는 모습은 중학교 때부터 지금까지 비슷하다. 서연은 해맑음을 무기로 강아지처럼 웃으며 솔희에게 온갖 이야기를 다 늘어놓는다. 쫑알쫑알 내놓는 말을 솔희는 조용히 들으며 고개를 끄덕이거나 “그랬어?” “정말?” “우와” 같은 반응을 보인다. 잘 모르는 사람이 옆에서 서연과 솔희의 대화를 들으면

서연이 혼자서 솔희에게 친한 척하는 것처럼 보일 정도다.

얼굴을 보며 대화할 때 솔희는 대체로 말없이 상대 이야기를 들어주는 편이지만, 휴대전화 메시지를 주고받을 때는 다르다. 말로 다 하지 못한 표현을 글로 쏟아낸다. 특히 솔희는 서연에게 가끔 손 편지를 써서 마음을 전했다.

솔희가 가장 힘들었던 시기에 서연이 손을 내밀어 주었고, 서연이가 남들 말에 휘둘리지 않기로 다짐했을 때 솔희는 서연을 있는 그대로 인정하고, 지지하고, 좋아해 주었다. 서로가 서로에게 필요한 시기에 친구가 되어, 지금도 그런 친구로 남아 있다.

친구란 그런 것이다. 나를 가장 나답게 만들어주는 사람. 힘들 때 곁에 있어주는 사람. 나를 더 좋은 사람이 되게끔 이끌어주는 사람. 같이 있으면 혼자 있을 때보다 즐거운 사람.

"여태까지 내가 도서관에서 같이 책 읽자고 한 덕분에 솔희가 나머지 독서 모임에 참여한 줄 알았어. 곽지혜 쌤의 역할이 컸구나. 부끄러워."

서연이가 손을 펼쳐서 조금 붉어진 자신의 양 볼을 감쌌다.

"곽지혜 쌤을 잡아준 『나의 라임오렌지 나무』가 나와 솔희, 두 사람을 잡아줬네."

승윤이가 말했다.

"그러게. 너희도 읽어봐. 아이 키우는 사람들도 읽어봐야 해. 친부모가 다 있는데도 마음이 외로운 아이가 있을 수 있다고."

솔희의 말에 서연과 도현은 스마트 워치를 열어 음성으로 책 제목을 검색하고 필요한 정보를 저장했다.

"그럼, 네 번째 독서 모임 기록을 읽어볼까? 지혜 일기야."

위미라는 곽지혜가 남긴 글을 따라가며 25년 전을 떠올렸다.

5장

| 옥상책빛4 |

페인트

1. 부모님과 나를 다시 보는 『페인트』

지혜 쌤 _ 2024년 7월 *일

- 여름 방학이라 독서 모임 잊어버린 건 아니지? (지혜)
- 저랑 솔희는 주말에 도서관에서 만나 책 읽기로 했어요. 50페이지 정도는 읽었어요. (서연)
- 저는 거의 다 읽었어요. 모임 전까지 한 번 더 읽으려고요. (승윤)

단톡방에 톡을 남겼다. 방학 중에 하기로 한 독서 모임이라 조금 걱정되었다. 승윤이에 대해서는 걱정하지 않았다. 녀석은 초등학교 때까지 독서가였다. 중학생이 되고부터 세상에 반항하느라 책을 손에서 놓았지만, 어릴 때부터 만든 좋은 습관은 어디 가지 않았다. 문해력도 좋아 독서 모임 선정 도서보다 좀 더 어려운 책도 거뜬히 읽어냈다.

서연이와 솔희는 어떻게 된 것인지 너무 궁금했지만, 일단 잘된 일이라 더 캐묻지 않았다. 우리 집 옥상에서 마주쳤던 서연이의 첫 눈빛이 생생하게 기억난다. 나와의 기 싸움에서 절대 지지 않겠다는 승부사의 모습이었다. 그런 서연이가 같은 학교도 아닌 솔희와 도서관에서 만나기로 했다는 건 정말이지 반전이다.

서연이는 참 독특한 아이이다. 여성스럽고 예쁜 외모와 어울리지 않게 거친 면이 있다. 눈치가 조금 부족하고 해맑기도 하다. 지난 독서 모임 때 들은 이야기로 추측해 보면 거친 모습은 실제 서연이는 아닌 것 같다. 앞으로 서연이가 어떤 본연의 모습을 드러낼지, 솔희와 함께 보여줄 케미가 기대된다.

> 서진이랑 도현이는 학교 도서관에서 나랑 만나서 책 좀 같이 읽자. 하루 2시간씩 책 다 읽을 때까지. 콜? **(미라)**

톡 옆에 숫자가 줄어들더니 숫자가 없어졌다. 서진과 도현이 톡을 확인한 것이다. 두 녀석 다 대답은 없었지만, 나는 안심할 수 있었다. 미라가 두 녀석을 이끌 것이기 때문이다.

여름 한복판에 아이들을 만났다. 장소는 이번에도 내 방이었다. 아이들 도착 시간에 맞춰 과일빙수를 주문했다.

"책 어땠어? 간단한 소감부터 돌아가며 얘기해 보자."

내 말에 승윤이가 이야기를 시작했다.

"신선했어요. 아이가 부모를 선택한다는 발상부터 기발하잖아요."

이어서 도현이, 서진이가 말했다.

"저는 지금까지 읽은 책 중에 제일 재미가 없었어요. 그래도 마음에 남는 문장이 많은 건 인정."

"역시 최도현, 통하는구만. 저도 절반 정도는 재미가 없었어요. 미래 상상 소설? 같은 느낌이었어요. 작가가 만든 생소한 단어가 많이 나와서 그런지 집중이 잘 안 됐어요."

"여학생들은 어땠어?"

"처음에는 저도 부모를 선택할 수 있다면 좋을 것 같았어요. 그런데 끝까지 읽고는 마음이 바뀌었어요. 부모를 고르다 보면 눈이 높아질 거고, 그러다간 부모를 영영 고르지 못할 것 같아요."

서연이가 말하고는 솔희에게 네 생각도 얘기해 보라며 눈빛을 보냈다. 솔희는 무거운 입을 떼는 듯하더니 빙수를 입에 넣고, 또 떼는 듯하더니 빙수를 먹었다. 내가 한 번 더 솔희에게 재촉하는 신호를 보냈다.

"제누라는 주인공이 제 모습인 것 같았어요."

그래, 됐어. 솔희야. 한 마디라도 입을 뗀 거. 너로서는 많은 용기를 낸 거라는 거 알아. 잘했어, 라고 속으로 생각했다.

아이들은 순식간에 빙수를 바닥냈다. 자라나는 청소년의 먹성은 아무도 말릴 수 없다. 나는 준비한 빵과 음료를 테이블 중간에 가져다 두었다. 먹는 재미로라도 옥상책빛을 기다리도록 만드는 게 내 목표였는데, 다행히 아이들의 취향을 저격한 것 같다.

"저는 책 전체 중 44쪽 내용이 가장 좋았어요. '내가 누구에게서 비롯되었는지 모른다는 것이 그렇게 큰 문제일까? 나는 그냥 나다. 물론 나를 태어나게 한 생물학적 부모는 존재할 테지만, 내가 그들을 모른다고 해서, 그들에게서 키워지지 않았다 해서 불완전한 인간이라고 생각하지 않았다. 나는 누구보다 나 자신을 잘 알고 있으니까. 내가 어떤 사람인지 스스로 정확히 알고 있다는 사실이, 나의 부모가 누구인지보다 훨씬 가치 있는 일 아닐까?'라는 부분이요. 자신을 확신할 수 있는 제누가 부럽고 대단했어요. 엄마 아빠한테 물어봤는데 마흔이 넘어도 자신을 잘 모르겠다고 하셨어요. 자신을 아는 게 어려운 일이구나, 열다섯 살인 내가 자신을 모르는 건 당연한 거구나, 하고 생각했거든요. 어쩌면 자신을 안다는 건 나이의 문제가 아닐지도 모르겠다고 생각했어요."

서연이는 이번 모임 책을 두고 인생 책이라고 말하진 않았다. 독서 모임을 통해 서연이의 가파른 성장을 보는 재미가 쏠쏠했다. 지난 모임 때 서연은 이제 남들 시선을 의식하지 않고 자기다운 모습으로 살겠다며 한층 단단해진 내면을 보여주었다. 그리고 솔희와 함께 도서관에서 책을 읽는다는 얘기를 듣고 서연이를 다시 보게 되었다. 게다가 가장 마음에 드는 문장으로 뽑은 내용과 이유 때문에 또 한 번 놀랐다.

"나는 보이는 게 다가 아니라는 생각이 들었어. NC 센터에서 자란 제누는 자신을 잘 알지만, 특권의식을 느끼는 일반 가정은 오히려 매일같이 으르렁거린다고 하잖아. 겉으로 보기엔 멀쩡하고 잘 사는 것처럼 보이는 집도 안을 들여다보면 오히려 우리 집보다 더 불행할지도 모르겠다는 생각이 들었어. 우리 집은 형편이 어렵지만, 사이는 좋거든. 내가 싫어하는 건 우리 집의 가난이지, 아빠는 아니야."

아이들이 고개를 끄덕였다.

"'때로는 부모이기에 나약하고, 부모이기에 무너져 내릴 때가 있겠지'라는 부분은 절반은 동의하지만, 절반은 반대해요. 사람이니까 나약해지거나 무너질 때도 있겠지만, 그래도 부모는 일어나 자식을 지켜야 하는 거 아닌가요? 그럴 각오가 없다면 자식을 낳지 말아야죠."

승윤이가 말했다. 반대로 생각할 수 있는 이야기를 고민하는 찰나에 도현이가 내 마음을 대변하는 듯한 말을 해주었다.

"그럴 각오가 없이 부모가 되는 사정도 있지 않을까? 세상에는 사정이 너무 많은 것 같아. 아직 우리가 이해할 수 없는 사정들이. 또 준비가 안 된 나약한 부모라도 어떤 자식에게는 최고의 부모가 될 수도 있는 거 아닐까? 사람의 성향이 다 다르니까. 이건 뭐라고 단정 지어 말할 수 없는 부분인 것 같아."

"와! 도현이 대단한걸? 내가 하려던 말을 네가 다 했어."

내 칭찬에 도현은 입꼬리가 올라가는 걸 감추지 못했다. 이어서 도현이가 말했다.

"105쪽과 똑같은 질문을 나에게 해봤어. 내가 만약 우리 부모님 아래서 자라지 않았다면 나는 지금쯤 완전히 다른 성격으로 다른 삶을 살고 있지 않을까? 우리 부모님 두 분 다 다른 친구 부모님과 비슷한 나이의 한국인이었다면 나는 어떤 성격을 갖게 되었을까? 일단 지금보다 국어를 잘했을 테고, 다른 과목도 지금보다 더 잘 이해했겠지? 지금보다 공부를 더 잘했다면 너희를 알아보지 못하고 공부만 했을 거야. 부모님의 영향이 큰 것 같아."

"뭐냐, 최도현, 그래서 우리랑 친구인 게 좋다는 거냐, 아니라는 거냐?"

승윤이가 발끈하며 말했다.

"당연히 좋다는 거지. 이 책 읽으며 우리 부모님이 좋아졌어. 나한테 대리만족을 느끼려고 자신들이 살지 않은 삶을 강요한 적도 없고, 아빠는 나한테 무관심이지만 특별히 나쁜 기억도 없어. 부모님이 나한테 잘못한 건 없다는 걸 알게 됐어. 우리나라에 거주하는 외국인과 혼혈아를 차별하는 사람들이 문제인 거지. 그리고 부모님을 부끄러워하는 내가 문제였던 거고."

"세상의 모든 부모는 불완전하고 불안한 존재들이라잖아. 부모도 부모 노릇이 처음이니까. 처음으로 아빠 입장에서 생각해 본 것 같아. 엄마 돌아가시고 나만 불안했던 게 아니라 아빠도 그랬겠다는 생각이 들었어. 부모라면 나보다 한참 강하다고 생각했는데, 겉으로 강한 척하는 것일 뿐 마음엔 누구나 아이가 있는 것 같더라."

도현에 이어 서진이가 말했다.

"아이라고 하니까 궁금한데, 118쪽에서 센터장 박을 보며 제누가 '그의 가슴속에는 대체 어떤 아이가 살고 있을까'라고 말하잖아. 가슴속에 아이가 산다는 게 무슨 말이야? 도서관에서 솔희랑 같이 얘기해 봤는데 잘 모르겠어."

"방금 내가 얘기한 그거 아냐? 어른들 마음에도 어리고 여린 아이가 산다. 어른이니 강한 척하는 것일 뿐?"

서연의 질문에 서진이가 말했다.

"서진이 말이 맞아. 심리학 전문 용어로 '내면 아이'라고 부르는데, 어른의 내면에는 어릴 적 모습이 남아 있고, 어린 시절의 경험이 정신세계에 남아 현재의 삶과 행동에 영향을 미친다는 거야."

아이들은 미라의 설명을 모두 잘 이해한 것 같았다.

"솔희야, 넌 어떤 내용이 기억에 남아?"

내가 이름을 불렀을 때부터 솔희 얼굴에 긴장감이 돌았다.

"네? 아… 저… 음음… 116쪽인데, 생각이 너를 조종하는 걸 수도 있다는 부분이요."

솔희는 말을 더 잇지 않고 입을 다물었다.

"그 부분이 왜 기억에 남아?"

내 질문에 솔희는 '그게…'라고 말한 다음 또 입을 다물었다.

"저… 말을 잘 못하겠어요. 친구들 얘기 잘 듣고 나중에 톡방에 제 생각 정리해서 올리면 안 될까요?"

솔희가 의외의 제안을 했다. 나는 미라와 눈이 마주쳤다. 승윤, 서진, 도현, 서연과 차례대로 눈을 마주치며 생각을 살폈다. 모두 살짝 고개를 끄덕여 주었다.

"그래. 말로 표현하기 어려운 감정은 글로 표현하는 게 더 쉬울 때도 있으니까. 친구들 얘기 잘 듣는 것도 생각이 확장되는 데 도움이 되고. 승윤이가 아직 말을 안 한 것 같네?”

내 말에 승윤이는 숨을 한 번 크게 쉬고는 말을 시작했다.

“센터장 박과 아버지 이야기를 읽으며 지금 제가 겪고 있는 두려움을 느꼈고, 나중에 제가 어른이 되었을 때를 미리 보는 것 같았어요. 저도 그래요. 아빠 발소리만 들려도, 술 냄새만 풍겨도 무섭고 숨이 막혀요. 아빠는 거인이라서 내 힘으로 어떻게 할 수 없는 상황이 답답하기만 해요. 그런데… 그런 아빠가 나중에 늙고 병든다면 용서할 수 있을지 생각했어요. 대체 왜? 누구를 위해서 용서해야 하지? 그런데 용서는 나 자신을 위해서 해야 한다네요. 머리와 마음이 혼란스러워 단순하게 생각해 봤어요. 어떻게 해야 박처럼 끔찍한 기억이 저를 갉아먹지 못하게 할지 생각하고 있어요.”

아이들은 승윤이가 감당하고 있는 무게를 짐작하기 어려울 것이다. 무슨 말을 이어서 해야 할지 모르지만 승윤이를 응원하고 싶은 마음일 것이다. 이쯤에서 내가 분위기를 정리하면 좋을 것 같았다.

“얘들아. 우리가 지금 네 번째 소설을 읽었잖아. 소설에는 발단, 전개, 위기, 절정, 결말의 단계가 있는데, 소설을 읽으며 주인공을 응원하고, 원하는 결말을 상상하기도 했잖아? 『페인트』를 읽는 동안 제누가 어떤 결정을 하게 될지 궁금했을 테고, 누군가는 ‘내가 만약 열여덟 살인 제누라면 이제 와 부모를 선택하지 않겠다'라고 생각했을 거야. 그럼 이런 상상은 어떨까? 나를 소설 속 등장인물로 그려봐. 지금 내가 소설 속에 있다면? 지금 너희가 통과하는 시간은 소설의 어떤 단계일 것 같아? 만약 '위기'를 지나고 있다면, 위기를 어떻게 헤쳐나가고, 어떤 결말을 만나고 싶어? 생각하는 결말을 만나려면 지금부터 내 인생 이야기가 어떻게 진행돼야 할 것 같아?"

"와아… 선생님, 저 방금 머리를 한 대 맞은 것 같아요."

이번에도 승윤이가 빨리 이해했다. 다른 아이들은 내가 제안한 대로 머리를 요리조리 굴리며 자신을 주인공으로 한 이야기를 상상 중인 것 같았다.

"내가 주인공인 소설의 결말을 생각해 보면 어떻게 살아야 할지 힌트를 얻을 수 있을 거야."

미라도 나와 눈을 마주치고 고개를 끄덕이며 내 생각에 동조했다.

"너희가 지금 얼마나 대단한 공부를 하고 있는지 모르지?"

"네? 쌤, 왜 갑자기 또 공부 얘기예요?"

미라의 말에 도현이가 공부 얘기는 지긋지긋하다는 듯 말했다.

"너희, 공부하고 있었어. 프랑스 바칼로레아식 공부법을 체험한 거라고. 그것도 벌써 네 번이나."

"프랑스 박카스…? 뭐라고요?"

도현이 말을 더듬으며 박카스 어쩌고 하는 바람에 모두 빵 터지며 웃었다.

"세계 여러 선진국이 프랑스 바칼로레아식 교육 제도를 받아들였는데, 너희가 책을 읽고 자기 생각을 말하고, 상대방 생각을 잘 듣고 거기에 생각을 덧붙여 말하거나 반대되는 의견을 말하는 거. 그런 게 바칼로레아식 교육과 비슷해. 프랑스 대학 입시 문제를 보면 이런 식이야. 아까 솔희가 말하려던 걸 예로 들어 문제를 만들어볼게. 책 『페인트』를 읽고 '우리는 자신이 생각하는 대로 사는가, 타의나 강요가 포함된 생각에 따라 사는가?'에 대한 자기 생각을 써보시오. 즉석에서 만든 문제라 어설프지만, 예를 들면 이런 식이라는 거야. 책 읽고 생각을 나누다 보면 저절로 저런 질문에 자기 생각을 논리적으로 말하거나 글을 쓸 수 있는 힘이 생겨."

미라의 말을 들은 아이들 얼굴에 뿌듯함이 피어올랐다.

"쌤, 그렇게 말하니까 우리가 공부 좀 하는 애들 같잖아요."

서진이가 빵을 하나 입에 욱여넣은 다음 손으로 입을 가리고 말했다.

"그래. 지금 하는 독서 모임을 계속 쭉 이어서 하고, 우리나라 입시 제도가 바칼로레아식으로 바뀌면 너희가 누구보다 유리할 걸? 너희들 잘하고 있어. 쌤은 옥상책빛 횟수가 한 번 두 번 늘어날 때마다 놀라움의 연속이야. 모임이 끝나더라도 지금처럼 한 달에 한 권씩 책을 읽는다면, 너희를 주인공으로 한 소설은 어떤 결말을 만나게 될까? 상상만으로도 기대되는걸!"

모임 때 솔희는 말을 거의 하지 않았지만, 지난번처럼 신경이 쓰이지는 않았다. 솔희 내면의 변화를 느꼈기 때문이다. 그리고 모임이 끝난 후 솔희는 약속한 대로 자기 생각을 글로 다듬어 단톡방에 남겼다.

얘들아, 내가 좀 낯을 많이 가리고 남들 앞에서 말을 잘 못 해. 나는 지금 부모님한테 화가 많이 나 있어서 센터장 박의 어린 시절 이야기를 읽는 게 불편했어. 제누가 부럽기도 했어. 제누는 생물학적 부모를 모를 뿐 어린 시절에 받은 상처가 없다고 하잖아. 차라리 내가 어린 시절 기억이 없을 때 보육원에 왔다면 지금보다 상처가 적었을 텐데… 그런 생각도 했어. 만약 그랬다면 할머니와의 추억이 없겠지. 난 엄마보다 할머니를 더 좋아하거든. 하늘에 계신 할머니가 제일 보고 싶어. 부모님께 상처를 많이 받았지만, 그래도 부모님이 있기에 할머니가 있는 거니까, 내 생물학적 부모님을 인정하기로 했어. 용서한다는 말은 아니야.

그리고 내가 인상 깊었다는 문장 있잖아. 생각이 너를 조종하는 걸 수도 있다는 문장. 곰곰이 생각해 봤는데, 내가 생각을 어떻게 하느냐에 따라 인생이 왼쪽으로 갈 수도 있고 오른쪽으로 갈 수도 있다는 말인 것 같았어. 지금 나를 둘러싼 상황을 비극이라 생각하면 비극으로 가는 거고, 희극이라 생각하면 희극으로 가는 거지. 생각이 나를 조종한다면 나쁜 생각은 나한테 아무런 도움이 안 되겠더라. 그래서 어떻게 하면 보육원 생활을 좋게 생각할 수 있을지 이제부터 고민해 보려고. 곽지혜 쌤 말처럼 내가 지금 소설 속 주인공이라면 나는 위기일 텐데, 어떻게 생각해야 해피엔딩이 될지 그것만 생각하기로 했어. **(솔희)**

솔희의 글을 읽고 말로 표현할 수 없는 뭉클한 감정을 느꼈다. 나는 솔희처럼 생각과 감정을 바꾸는 데 1년이 걸렸다. 내가 1년 걸린 일을 두 달 만에 해낸 솔희가 너무 대견하다. 세 번으로 끝날 독서 모임을 더 이어가 준 아이들에게도 고마움을 표현했다. 아이들과 독서 모임을 하며 꿈이 생겼다. 언젠가 아이들에게 깜짝 선물을 할 수 있도록 한 걸음씩 나아갈 것이다.

2. 아빠를 신고했다

승윤 _ 2024년 7월 *일

소설 『페인트』에서 본 문장들이 머릿속을 떠나지 않았다. 지금 나는 끔찍한 일이 나를 갉아먹도록 내버려두고 있다. 옥상책빛 친구 모두가 우리 집 일을 알게 되었다. 곽지혜 쌤이 도와주겠다고, 신고하자고 몇 번 설득했지만 쉽게 움직일 수 없었다. 아직 나는 엄마에게 의존해야 하는 청소년이고, 엄마는 아빠의 경제적 지원 없이 살아갈 자신이 없었기 때문이다.

'자기 자신을 솔직하게 마주한다는 건 생각보다 큰 용기를 필요로 한다….'

'부모라고 모든 걸 알고 언제나 버팀목이 되어줄 수 있을 거라는 환상은 버려야 한다….'

책이 내게 말을 걸었다. 용기를 내야 한다. 부모라고 다 아는 건 아니다. 부모의 선택도 어리석을 수 있다. 지금 내가 처한 어려움을 벗어나야 한다. 참고 견딜 일이 아니다. 용기를 내면 상황이 바뀔 수 있다. 암흑에서 벗어날 수 있다. 하늘이 우리를 내팽개치지 않을 것이다.

나는 엄마를 설득하기 시작했다. 그동안 곽지혜 선생님이 알려주신 것을 엄마께 전달했다. 신고 후 어떻게 신변을 보호받을 수 있는지, 아빠한테 위자료와 양육비를 받을 수 있다는 것, 경제적 자립을 위해 기관의 도움을 받을 수 있다는 것도 말했다.

엄마가 두렵다고 말하셨다. 책에서 한 말이 맞았다. 때로는 부모가 더 나약할 수도 있다. 지금 엄마는 오랜 폭력 때문에 약해질 대로 약해져 있다. 내가 마음을 강하게 먹어야 한다.

"엄마, 실패보다 더 무서운 게 두려움이래. 우리 지금 무사히 살고 있어? 하루하루가 지옥 아니야? 엄마, 나는 더 이상 지옥에서 살고 싶지 않아. 엄마는 우리 때문에 참고 있다고 말하는데, 잘 생각해 봐. 엄마는 두려워서 우리를 핑계 삼고 있는 거야. 지금보다 더 나빠질 상황은 없어. 지금이 최악이야. 뭐든 하면 지금보다는 더 나아질 거야. 나 초등학교 때까지는 공부 잘했잖아. 내가 왜 이렇게 공부에 관심이 없어졌겠어? 집이 지옥인데 공부가 무슨 소용이겠어? 엄마가 용기 내줘. 나는 이제 용기를 내기로 마음먹었어.

엄마만 결심하면 내가 신고할게. 신고한 다음에 어떻게 되는지도 대충 알아봤어."

엄마의 눈빛이 흔들렸다. 엄마는 자신이 없는지 고개를 떨구었다. 나는 엄마께 "제발 숨 쉬고 살자"라며 애원했다.

다음 날 엄마한테 오케이 사인이 떨어졌다. 나는 떨리는 손으로 112에 전화를 걸었다. 경찰은 곧바로 아빠와 우리를 분리했다. 조사가 진행되는 동안 아빠에게는 우리에게 접근 금지 처분이 내려졌다. 법을 어기면 감옥살이를 하거나 큰 벌금을 내야 한다고 들었다. 아빠는 자기 직업을 대단히 자랑스러워하는 사람이기 때문에 명예가 훼손될 만한 일은 하지 않을 것이다.

엄마가 오랫동안 당한 폭행 증언, 몸 여기저기 남은 상처, 가끔 나와 동생이 당한 신체적 · 언어적 폭행 증언까지 더해져 엄마는 법의 보호를 받으며 아빠와 이혼했다. 재산을 분할받아 우리가 살고 있는 집은 엄마 것이 되었고, 몇천만 원의 위자료를 받았다. 그리고 아빠는 월급의 절반을 양육비로 내놓게 되었다.

엄마가 이혼할 수 있도록 도와준 센터에서는 가정 폭력으로 어려움에 처한 여성을 위해 다양한 일을 하고 있었다. 양육비가 입금되지 않거나 아빠가 접근 금지 처분을 어기고 우리를 찾아오면 어떻게 해야 하는지 알려주었고, 엄마가 취업 지원금을 받고 취업 준비를 할 수 있도록 도와주었다.

일이 터지고 한동안은 아빠가 집에 있을 때보다 더 정신이 없었다. 엄마는 자주 두려워했고, 나는 그런 엄마를 보며 내가 잘한 것인지 가끔 헷갈렸다. 하루는 여전히 두려워하는 엄마 얼굴을 보는 게 힘들어 옥상을 넘어 곽지혜 쌤 집으로 갔다. 내가 온 걸 어떻게 알았는지 곽지혜 쌤이 옥상으로 올라왔다. 선생님은 다른 말 없이 내 어깨를 두드려 주셨다.

"선생님 저 잘한 거 맞죠? 엄마가 여전히 두려워하며 자주 우셔서… 제가 잘못한 것 같고, 마음이 너무 무거워요."

나는 참아온 눈물을 터뜨렸다.

"승윤아, 오랫동안 눌러온 일이잖아. 그게 터졌으니 금방 고요해지진 않을 거야. 일이 큰 만큼 가라앉는 데에도 시간이 오래 걸릴 수 있어. 엄마도 너도 두렵고 답답한 시간을 거치면 홀가분해지는 때가 올 거야. 엄마한테 시간을 좀 드리자. 이제 시간이 해결해 줄 일만 남은 것 같아."

곽지혜 쌤 말을 믿고 내 마음에서 죄책감을 지우기로 했다. 나는 가족의 행복을 위해 옳은 선택을 한 것이다. 내 용기로 결국 가족 모두가 행복해질 것이다.

3. 2049년, 나 자신을 위한 용서

일기를 다 읽은 승윤이가 마른세수를 한 다음 물을 한 모금 마셨다.

"나중에 알게 되었는데, 아빠가 치료를 받았대."

"어떤 치료?"

도현이가 물었다.

"아빠도 힘든 어린 시절을 보냈더라. 할아버지가 할머니와 자식들을 때렸대."

"그런 걸 트라우마의 대물림이라고 하지."

승윤의 말에 미라가 덧붙였다.

"네, 맞아요. 그래서 아빠도 손버릇을 고치려고 노력했다는데, 그 얘기를 돌아가시기 직전에 들었어요."

"하아…."

서연이 입에서 작은 탄식의 소리가 나왔다.

"아빠… 용서했어?"

솔희가 물었다.

"사실, 아빠가 너무 미워서 죽는다고 해도 찾아가지 않을 생각이었어. 그런데 우리 어릴 때 읽었던 『페인트』에서 센터장 박이 자신을 학대했던 아빠의 임종을 보러 갔잖아. 그때 뭐라고 했냐면 '당신의 임종을 지키는 것은 내가 당신의 아들이어서가 아니다. 당신과 내가 다른 사람이라는 것을 그 누구도 아닌 나 자신에게 확실하게 보여주려는 것이다'라고 했거든. 아빠가 죽기 직전이라고 연락이 왔는데, 잊고 있던 그 문장이 갑자기 떠오르더라. 내 아이들을 위해 나 자신에게 확실히 보여줘야겠더라. 나는 그 사람과 다르다는 걸. 그래서 임종하고 장례하는 동안 아들로서 해야 할 일은 다 했어. 죽기 직전에 자기가 손버릇 고치려고 노력했다고 말했을 때도 용서는 안 됐어. 끝까지 자기변호를 한다는 생각이 들었거든. 그 말이 아니라 미안하다는 말부터 했어야지. 아빠는 미안하다는 말을 안 했어…."

승윤의 눈이 붉게 충혈되었다. 승윤은 흘러나오려는 눈물을 억지로 삼키며 말을 이었다.

"여기 오는 길에 라디오에서 오프라 윈프리가 용서에 대해 한 말을 들었어. 용서란 상대방을 위해 면죄부를 주는 것도 아니고 결코 상대방이 한 행동을 정당화하는 것도 아니다, 나 자신이 과거를 버리고 앞으로 나아가기 위해 하는 것이다, 라고 말하더라."

"나 자신을 위한 것…."

승윤의 말을 솔희가 나직하게 따라 했다.

"그래서… 이제 아빠를 용서하려고. 나도 과거를 버리고 앞으로 나아가야지."

승윤이 애써 밝은 표정을 지으며 말했다.

"25년 전 폭풍 같은 시간을 다시 만나는 동안 머릿속에 지난 내 모습이 영화처럼 빠르게 지나갔어. 아빠한테서 벗어난 다음부터는 엄마를 위해 산 것 같아. 불쌍한 엄마를 편안하게 모시고 싶다는 생각뿐이었어. 중학교 2년 동안 공부에 손을 놓았더니 공부가 어렵더라. 그래서 운동을 선택했어. 빨리 돈을 벌어서 안정된 가정을 꾸리자, 엄마가 더 이상 일할 수 없을 때가 되면 엄마가 편히 쉴 수 있도록 경제적 뒷받침을 해드리자고 생각했어. 지금까지 그런 생각으로 달려왔어. 그런데 가만 보니 여태껏 내 인생에 내가 없었더라. 날 위한 시간이 없었다는 걸 알게 됐어."

승윤이 얘길 들으며 다른 친구들도 각자의 지난 시간을 떠올렸다.

“그러게. 나도 지금껏 날 위해서가 아니라 아빠와 우진이를 위해 살았던 것 같아.”

서진이가 공감하며 말했다.

“이제라도 치열해지고 싶어. 다른 사람이 아니라 나를 위해. 과거를 버리고 앞으로 나아가기로 마음먹었으니 지금부터라도 나 김승윤을 알아가야겠어. 『페인트』의 제누처럼 내가 어떤 사람인지 누구에게든 당당히 말할 수 있는 사람이 되고 싶어. 어렸을 때 책을 읽으며 ‘작가는 나에게 무슨 말을 하려는 걸까?’ 하는 생각을 했거든. 그 생각을 따라가다 보면 어렴풋이 나를 알 것 같았어. 늦었지만 지금부터라도 다시 나를 알아가려고 해.”

“김승윤… 오랜만에 진짜 멋지다!”

도현이 양손으로 엄지를 치켜올리며 말했다. 서진도 도현을 따라 엄지를 올렸다.

“야! 내가 그렇게 멋진 모습을 안 보여줬어?”

승윤은 친구들 반응에 실망한 듯 말했다.

“앞만 보고 달리느라 바빴지 다들. 열심히 살았는데… 열심히만 산 것 같아.”

도현이가 말했다.

"그나저나 지혜 쌤의 꿈은 뭐였을까?"

솔희가 말했다.

"음… 그건 나중에 지혜가 오면 직접 들어볼까? 이제 두 개 남았네? 누구 거야?"

미라가 말했다. 솔희는 다음 일기를 펼쳤다.

"박서진 거예요."

"두 번째 일기 때는 박서진도 철이 좀 들었는지 볼까?"

도현이가 너스레를 떨며 말했다. 서진은 자신의 일기를 담담히 받아 들었다.

Time capsule

6장

| 옥상책빛5 | 바보 빅터

1. 내 꿈은 백만장자

서진 _ 2024년 8월 *일

'나는 누구일까?'

질문을 곱씹으며 집으로 돌아왔다. 보이는 나는 어떤 사람인지 생각해 보았다. 학교에서 친구들이 볼 땐 키가 크고 밥을 잘 먹는 아이, 공부는 못하지만 세상 걱정 없어 보이는 아이, 친구들과 잘 어울리는 아이다. 여자애들로부터 잘생겼다는 말도 가끔 듣는 걸 보면 얼굴도 괜찮게 생긴 것 같다. 동생과 아빠가 보는 나는 책임감이 강한 아이다. 집안일을 잘해서 가족을 편안하게 해준다. 내가 아는 나는 가난에서 벗어나고 싶어 발버둥 치고 가슴에 화가 많은 아이이다. 돈을 벌 수 있는 일이라면 뭐든 하고 싶은데, 할 수 있는 게 뭔지 몰라 답답하다.

보이지 않는 나는 뭘까? 내 눈에 보이지 않는 능력이 내 속에 있는 걸까? 있다면 대체 뭘까?

방바닥에 누워 천장을 뚫어져라 쳐다보며 생각했다. 나는 무엇을 할 수 있을까? 아무리 생각해도 답을 찾을 수 없었다. 『바보 빅터』를 집어 들었다. 단단한 양장본이고, 표지에 예쁜 그림이 있어서 얼른 펼치고 싶었다. 어떤 사람이기에 17년이나 자신이 바보인 줄 알았는지 궁금했다.

"백만장자들을 대상으로 부자가 된 비결을 물은 적이 있단다. 그들이 공통으로 꼽은 비결이 뭔 줄 아니? 바로 자기 믿음이었어. 자기 믿음이란 자신의 생각과 직관, 그리고 무엇보다 자신의 가능성을 믿는 걸 말하지."

'백만장자'라는 글자가 크게 눈에 들어왔다.

비결이 자기 믿음이라고? 자신의 가능성을 믿으라고?

알쏭달쏭한 말이었다. 몇 장을 더 읽어봤다. 한 인간의 가능성이 어디까지인지, 실행해 보기까지는 아무도 모른다는 레이첼 선생님의 말이 가슴에 박혔다.

아! 이거로구나! 자기 믿음은 아무도 모르는 나의 가능성까지 믿는 것이었다. 지난 옥상책빛 때 친구들, 선생님과 나눈 대화를 떠올렸다. 나는 돈을 벌어 힘을 만들고 싶다. 힘이 생기면 약한 사람을 돕는 데 쓰고 싶다. 돈을 버는 건 꿈이 아니라 수단이다. 내 꿈은 나처럼, 우리 가족처럼 약한 사람을 돕는 것이다.

다시 생각했다. 나는 무엇을 할 수 있을까? 내게는 어떤 가능성이 있을까?

백만장자는 자기 믿음이 있다고 한다. 물음표를 느낌표로 바꿔 말해보았다.

나는 무엇이든 할 수 있다! 나는 무엇이든 해낼 수 있는 가능성이 있다!

하루아침에 나올 답이 아니다. 며칠, 몇 달이 걸리든 고민해야겠다.

2. 피팅 모델에 도전하는 순간

서진 _ 2024년 8월 *일

매일 나의 장점을 생각한 지 2주가 넘었다. 처음에는 아무 생각도 나지 않았다. 인터넷으로 검색해 보니, 자기 단점은 열 가지도 넘게 줄줄 쓸 수 있는 사람이 장점은 한 가지도 쓰지 못해 쩔쩔맨다는 글이 있었다. 그게 바로 나였다. 며칠째 쩔쩔매고 있었다. 검색한 글에 누군가가 댓글로 팁을 남겨놓았다.

ㄴ 대단한 것을 장점이라 생각하지 마세요. 사소한 것도 장점이 될 수 있어요.

사소한 장점이라면…?

나는 동생을 잘 돌본다. 나는 집에 일찍 들어온다. 나는 요리를 잘한다. 나는 최소비용으로 장을 볼 수 있다. 나는 책을 읽는다. 나는 키가 크다. 나는 얼굴이 잘생겼다. 나는 밥을 잘 먹는다. 나는 패션 감각이 있다.

밥을 먹을 때도 인터넷을 할 때도, 친구들과 노는 틈에도 나는 무엇을 할 수 있는 사람인지 생각했다. 인터넷을 하며 옷 구경을 할 때도 생각했다.

자주 가는 쇼핑몰에 팝업 창이 떴다. 피팅 모델을 구한다는 내용이었다. 10대부터 20대 남자들 사이에서 인기가 많은 쇼핑몰이었다. 모델 조건을 살펴보니 키 외에는 별다른 내용이 없었다.

심장이 두근거렸다. 그리고 어느새 나도 모르게 Q&A 게시판에 글을 남기고 있었다. 열다섯 살인데 키는 178센티미터이고, 피팅 모델로 지원이 가능하냐고 말이다. 곧이어 답이 왔다. 나이는 상관없으니, 보호자께 동의서를 받아 제출하면 된다는 것이었다.

면접 가는 날 평소 눈여겨보았던 승윤이 옷과 도현이 신발을 빌렸다. 사촌 형이 준 모자까지 장착하니 꽤 괜찮은 핏이 나왔다. 20대 후반쯤으로 보이는 대표는 내게 옷걸이가 좋고 아이돌 같은 마스크와 핏이라며 칭찬해 주었다. 그날 저녁 나는 합격 문자를 받았다.

인정받은 느낌, 쓸모 있는 존재가 된 것 같은 뿌듯함. 새로운 기분이었다. 설레서 잠이 오지 않았다. 새로운 하루가 기대돼 아침에는 눈이 번쩍 뜨였다.

오늘은 처음으로 피팅 사진 촬영을 하러 가는 날이다. 몇 번 촬영해 보고 마음에 들면 전속 모델이 될 수도 있단다. 『바보 빅터』에서 본, 아우슈비츠 수용소에 수감되었던 빅터 프랭클의 말이 떠올랐다.

“인간이 인생을 바쳐서라도 진정으로 추구하려고 하는 것은 바로 의미 있는 삶을 사는 것입니다.”

내 인생에 드디어 의미가 생긴 것 같다. 오늘 난 잘 해내야 한다. 아니, 잘 해낼 것이다. 나는 나를 믿는다.

3. 어린 곽지혜에게 내미는 손

미라 쌤 _ 2024년 9월 *일

개학 후 첫 주말이다. 아직 에어컨 없는 곳에 앉아 있기 힘든 온도지만, 불볕더위는 물러난 것 같다.

솔희와 서연은 그새 친해져서 지혜 집으로 오는 내내 비밀 이야기를 속닥속닥 주고받았다. 보통 서연이가 말하고 솔희가 듣는 편이지만, 듣는 사람도 즐거워 보인다. 서연은 솔희가 자신을 있는 그대로 좋아해 주고 자기 얘기를 잘 들어주니 좋아하는 것 같고, 솔희는 서연의 밝고 순수한 모습을 좋아하는 것 같다. 서진이는 좋은 일이 있는지 오늘 유독 싱글벙글한 표정이다. 도현이는 얼굴빛이 환해진 게, 담배를 안 피우는 것 같다. 그래! 그러고 보니 요즘 승윤, 서진, 도현 모두 얼굴이 환해졌다.

"서진, 도현, 너희 끊었구나?"

"네? 아… 노력 중이에요."

도현이가 말했다.

"저는 끊었어요. 어제부터 완전히."

서진의 표정이 비장했다. 녀석들이 귀여워 속으로 웃음이 나왔다.

승윤은 또 옥상을 넘어 지혜 집에 일찍 도착한 듯했다. 지혜 방을 도서관 삼아 빌릴 책을 고르는 데 푹 빠져 있었다. 승윤의 얼굴이 지난 모임 때보다 편안해 보였다. 조금씩 안정을 찾아가고 있는 것 같아 다행이다.

"오늘은 간단히 음료만 마시며 독서 토론하고, 물놀이할래? 물놀이 후 먹는 치킨과 라면이 나는 세상에서 제일 맛있더라고…."

마지막인 만큼 아이들에게 추억을 남겨주고 싶었다. 지혜 동네의 분수대 옆에 주민들이 앉아서 쉴 수 있는 의자와 테이블이 있었다.

"물놀이? 치킨요?"

아이들의 눈이 밝게 빛났다.

"옷은 걱정 마. 여자들은 내 옷 안 입는 거 챙겨놨으니 그거 입고 가시고. 남자들은 승윤이가 좀 빌려주면 어떨까?"

지혜가 말했다.

"네, 쌤, 그럴게요. 재밌겠다."

"그럼, 이제 책 이야기 시작해 보자. 나는 이번까지 이 책을 세 번 읽었는데, 읽을 때마다 눈물이 나. 말과 생각의 힘이 얼마나 큰지 다시 한번 깨달았어. 나는 내가 믿는 대로 된다! 서진이부터 얘기해 볼래?"

지혜 말에 서진이 기다렸다는 듯 눈을 반짝이며 말했다.

"토론 전에 나 얘기할 게 있는데."

다들 갑자기 무슨 일인지 의아해하며 서진이 입만 쳐다보았다.

"나 쇼핑몰 피팅 모델 하게 됐어."

"대박! 옷 빌리더니 잘됐구나. 축하해."

승윤이가 제일 먼저 서진에게 하이 파이브를 청했다. 서진은 승윤과 하이 파이브를 한 후 도현과도 기쁨을 나눴다.

"잘됐다. 축하해. 어제부터 담배 끊었다더니, 그것도 관련 있는 거야?"

내가 말했다.

"세상이 미워서 피운 건데, 요즘 세상이 밉지 않네요. 안 피워도 살아갈 만한 것 같아요."

여기까지 말하고 서진은 이런 생각을 하는 자신이 기특한지, 어색한지 몹시 쑥스러워했다.

"흐름 길게 끊으면 안 되니까 책 이야기로 다시 돌아갈게요. 저는 이제 방해자들의 이야기는 듣지 않을 거예요. 저한테 안 된다고 말하는 사람 얘기에 귀 기울이지 않을 거예요."

서진의 얘기를 듣고 승윤이가 동감하는 눈빛을 보낸 후 말했다.

"쌤, 저는 세상이 우리한테 잘못한 것 같아요. 옆에서 모두가 나한테 바보라고 하는데도 자신은 바보가 아니라고 믿을 수 있는 사람이 얼마나 있겠어요? 그 정도로 자기 믿음이 단단하려면 멘탈이 엄청 강해야 할 것 같아요. 그런데 우리는 대부분 보통의 멘탈을 가지고 있잖아요. 보통인 우리에게 세상은 시험 결과만으로 말해요. 학교도, 부모님도, 세상도 모두 그 숫자로 말해요. 그러니 자기 믿음이 웬만큼 강하지 않고서야 어떻게 흔들리지 않을 수 있겠어요?"

"그래 맞아. 나도 그게 정말 잘못됐다고 생각해. 여전히 숫자로 평가하는 우리나라 교육 제도가 문제야. 우리나라 입시 제도도 국제 바칼로레아 식으로 바뀌면 좋을 텐데."

"저는…."

솔희가 입을 뗐다. 지난 모임 후 솔희가 단톡방에 남긴 생각을 보니 말로 표현하는 게 서툴러서 그렇지, 깊이 사고하는 아이라는 생각이 들었다. 오늘은 용기 내어 말로 표현할 수 있길 마음으로 응원했다.

"응, 솔희야. 얘기해 봐."

솔희가 음료를 한 모금 마시더니 큰일을 결심한 사람처럼 호흡을 고르고 말을 뱉어냈다.

"저는 임종 순간에 후회되는 건 실패했던 일들이 아니라 오직 시도하지 않은 것이라는 말이 기억에 남아요. 앞으로 뭔가 시도할까 말까 망설여질 땐 죽는 순간을 떠올리려고요. 죽는 순간 이것을 시도하지 않은 게 후회가 될지 아닐지 생각해 보면 결정하기 쉬울 것 같아요."

"오, 좋은 방법인데?"

솔희 말에 도현이가 받아쳤다.

"저는 아무리 세상의 기준과 다른 길을 가고 있더라도 스스로 자신을 믿는다면 누군가는 알아줄 것이고, 세상이 비웃더라도 자신이 옳다고 믿으며 스스로 기준을 세워야 한다는 말이 좋았어요. 저는 제가 잘할 것 같은 믿음이 있었어요. 국어 실력이 딸려서 문제를 잘 이해하지 못하지만, 눈치가 빨라 상대방이 뭘 원하는지 금방 파악할 수 있고, 사람들과 쉽게 친해지는 성격이에요. 우리 엄마처럼 한국에 시집와서 고생하는 외국인들 보면 속상하고, 그런 사람들이 차별받지 않고 잘 어울릴 수 있는 일에 힘쓰고 싶은 생각도 있어요. 그런데 학교가 정해둔 기준에 나를 맞추니 나는 '기초 학력 미달의 쓸모없는 아이'가 되더라고요. 세상이 정한 기준 때문에 패배 의식이 마음 깊이 박힌 것 같아요. '내가 노력한다고 달라지겠어?' 하는 생각이 있었어요. 빅터가 그랬잖아요. 아이큐라는 세상의 기준 때문에 자신을 믿지 못했잖아요. 이제부터라도 바보 빅터의 삶을 벗어나 볼래요. 성적이 어떻든 내가 잘하는 모습을 보며 제 가능성을 응원해 볼 거예요."

"패배 의식. 맞아. 나도 그랬어. 좋은 일이 생기면 불안했어. 불행이 오면 '그렇지. 내 주제에 행복이 가당키나 하겠어?'라고 생각했어. 재앙은 입에서부터 생기는 건데, 입으로 나오기 전에 우리는 생각을 먼저 하잖아? 그러니까 내가 하는 생각과 말이 행복이나 불행을 만든다는 생각이 들어."

솔희가 말했다. 처음 입을 열 땐 힘들어하더니, 두 번째부터는 술술 말을 잘 이어가 기특했다.

"이 책에서 좋은 영감을 많이 받았구나. 나랑 지혜는 아무래도 너희보다 나이와 경험이 많다 보니 너희 눈에 잘 들어오지 않는 문장에도 눈길을 준 것 같아. 114쪽 볼래? '결국 로라가 구할 수 있는 일자리는 책임질 것도 없고 비판을 받을 일도 없는, 그래서 보수도 적은 파트 타임 일자리뿐이었다.' 이 문장에 대한 생각을 말해볼까? 승윤?"

"흠… 책임질 것과 비판받을 일이 없으면 좋을 것 같은데…. 그런 일은 보수도 적다는 기죠?"

"그렇지."

"그럼, 반대로 책임질 일이 많고 비판받을 일이 많으면 보수가 많나요?"

"꼭 그런 건 아니지만, 대체로 그런 편이지."

"지위가 높고 보수가 많은 일일수록 책임질 부분도 많겠네요."

"맞아. 잘 해석했어."

"위험한 일이 생기지 않도록 내가 잘 관리할 자신이 있다면 책임질 부분이 많은 일을 택하는 게 좋을 것 같아요."

"나도 그렇게 생각해. 그런데 많은 사람이 책임을 꺼리지. 그러고는 자신이 하는 일은 보수가 적고 단순하다며 지루해하고."

"왜 꺼리는 거죠?"

"왜 그럴까?"

나와 승윤이 주고받는 말을 곱씹으며 아이들도 사고를 확장해 나가는 중인 것 같았다.

"자신을 믿지 못하니까!"

도현이 머리에 전구가 반짝 켜진 듯 엄지와 중지를 부딪쳐 딱 소리를 내며 말했다.

“도현이 제법이다. 그래, 맞아. 자신을 믿는다면 책임질 부분이 많은 일도 거뜬히 맡을 수 있어. 어려움이 닥치더라도 해결하고 앞으로 나아갈 수 있다는 믿음이 있으니까.”

지혜가 말했다. 도현은 스스로가 기특한 듯 손으로 제 어깨를 토닥였다. 그 모습을 본 서진이가 도현의 남은 한쪽 어깨를 토닥여 주었다.

“아직 서연이 목소리를 못 들은 것 같아.”

지혜의 말에 서연이는 꿈에서 깬 듯 깜짝 놀랐다.

“무슨 딴생각을 했기에 그렇게 놀라?”

내가 물었다.

“아… 레이첼 선생님이 유대인 집단 수용소에 갇혀 있던 빅터 프랭클 이야기를 해준 부분 있잖아요. 74쪽이요. 거기에 보면 ‘인간이 인생을 바쳐서라도 진정으로 추구하려고 하는 것은 바로 의미 있는 삶을 사는 것입니다’라고 적혀 있는데요. 의미 있는 삶이 무엇인지 계속 생각했어요. 별로 독서 모임을 시작했을 때만 해도 어떻게든 횟수를 채우고 빨리 벗어나야겠다고 생각했는데, 하면서 책 읽는 재미를 알게 되고, 왜 힘든지 이유도 몰랐던 일이 명확히 이해되고, 친구도 사귀니 독서 모임이 기다려졌어요. 제게 의미가 생긴 거예요. 같은 일도 나한테 의미가 없으면 지루하지만, 의미가 생기면 재밌을 수 있겠다는 생각이 들었어요. 공부를 열심히 하는 애들을 보며 '저게 뭐가 그렇게 재밌을까? 참 신기하다'라고만 생각했는데, 그게 아니라 그 친구에게 공부는 내가 모르는 '어떤 의미'가 있구나 생각했어요. 그렇다면 지금 나한테 의미 있는 일은 무엇인지 계속 생각하고 있었어요."

"의미가 있다면 타인에게 조롱받을지 모른다는 두려움을 이겨낼 수 있는 것 같아. 내가 댄스 동아리를 담당하고, 학교에서 좀 논다 하는 애들이랑 친하게 지내려고 막 들이대는 행동도 처음에는 조금 두려웠어. 중학생 한 명 한 명은 두렵지 않지만, 무리는 좀 두렵거든. 쟤들이 무리 지어 나를 비웃으면 어쩌나, 동료 선생님들이 나를 별종 취급하면 어쩌나 하는 두려움이 있었어. 그런데도 너희한테 다가갈 수 있었던 건, 그런 행동이 내게 의미가 있었기 때문이야. 학교생활을 따분하게 여기고 학교에서 하지 말라는 행동만 골라서 하는 아이들은 대부분 상처가 있고, 그 상처를 누군가는 알아보고 어루만져야 한다고 생각했어. 내가 상처에 약을 발라주고 싶었어. 왜냐하면 어릴 때 내 친구 곽지혜가 상처받아 힘들어하다가 이겨낸 과정을 옆에서 봤기 때문이야. 상처받고 이겨낸 지혜와 그런 지혜를 절친으로 둔 내가 교사가 되었으니, 어린 곽지혜 같은

학생에게 손 내미는 게 내가 교사가 된 의미라고 생각했어."

"저희가 참 운이 좋네요."

오늘 솔희가 세 번째 발언을 했다.

"그럼. 운 좋은 아이들이지. 설마 솔희만 그렇게 느끼는 건 아니지?"

지혜가 너스레를 떨었다.

"이제 해가 좀 넘어갔으니 분수대로 가볼까? 분수대에서 놀다가 치킨 먹으면서 다 못 나눈 『바보 빅터』 이야기도 하고 말이야."

지혜의 제안에 아이들은 환호성을 질렀다. 나와 지혜는 수건 몇 개와 물총을 챙겨 아이들 뒤를 따라나섰다. 지혜가 분수대 앞 편의점에서 맥주 두 캔과 새우과자를 사 왔다. 아이들이 꺅꺅 소리를 지르며 분수대 주위를 뛰놀았다.

"10년, 20년 뒤 저 아이들은 어떤 모습일까?"

지혜가 말했다.

"10년, 20년 뒤 너와 나는 어떤 모습일까?"

지혜와 나는 맥주 캔을 부딪치며 그동안 수고했다는 말로 서로를 격려했다. 잠시 후 배달된 치킨을 숨도 쉬지 않고 다 먹어 치운 아이들은 물총을 들고 2차 물놀이에 나섰다. 지혜와 나도 몇 번 물 공격을 받았다. 노을이 지며 어둠이 다가오는 9월 초 저녁 7시 무렵의 풍경을 오랫동안 간직하고 싶어, 나는 아이들과 하늘을 번갈아 바라보았다.

4. 빅터 로저스처럼 살아보기

도현 _ 2024년 9월 *일

어릴 때부터 나는 늘 위축되어 있었다. 공부를 잘하는 것도, 외모가 괜찮은 것도, 운동을 잘하는 것도 아니었으니 무엇 하나 내세울 게 없었다. 친구들과 태생적으로 다른 나를 들킬까 봐 숨기기까지 했으니 어깨가 굽어갈 수밖에.

나를 지키기 위해 초등학교 6학년 때부터 거친 말을 썼다. 중학생이 되면서 키가 훌쩍 자랐다. 초등학교 때까지만 해도 공부 잘하는 녀석들이 힘이 있었는데, 중학생이 되니 키가 크고, 거칠고, 겁이 없는 애들한테는 아무도 덤비지 않았다. 담배를 피운다는 소문까지 나면 끝. 그렇게 나는 초원중 문제아가 되었다.

나 같은 애들은 겉으론 아무 생각 없이 사는 것처럼 보일 것이다. 공부에 관심 없고, 수업 시간에는 장난을 치거나 잠을 자고, 욕이나 하고 담배를 피우며 인생을 막 사는 것 같지만, 사실은 두렵다. 이렇게 살아서 나는 뭐가 될지, 사람 구실은 하고 살 수 있을지 걱정된다. 미래에 대한 두려움, 가족을 드러내지 못하는 비겁함, 해도 안 된다는 패배 의식을 감추기 위해 더 거친 말과 행동을 했다.

5월부터 시작한 옥상책빛이 오늘 끝났다. 지금까지 내 인생에서 무언가를 꾸준히 해본 건 이번이 처음인 것 같다. 기초학력 미달자가 책 다섯 권 읽었다고 성적이 눈에 띄게 오른다거나 드라마틱하게 다른 인간이 되는 건 아니다. 지난 기말고사 때도 나와 서진이가 과목별 최하점을 사이좋게 나눠 가졌다. 숫자로 평가되는 내 학교생활에는 큰 변화가 없지만, 숫자가 아닌 것으로 채워진 내 마음 세상에서는 한바탕 큰 지진이 일어났다. 마음속 집이 무너져 폐허가 됐다. 그동안 왜, 나조차도 나를 믿지 못하고 존중하지 않은 것인지 속이 상했다.

다시 일어나 집을 짓기 시작했다. 누가 뭐라고 해도 나를 지킬 수 있는 튼튼한 집을 천천히 만들었다.

우선 세상이 나를 정의하는 숫자에 얽매이지 않기로 했다. 17년을 바보로 살았던 빅터 로저스의 말을 믿어보기로 했다. '해보지도 않고 절대 내 능력을 재단하지 않기, 스스로 위대한 존재라고 생각하기, 현실에 부딪쳐 스스로에 대한 실망감이 밀려오더라도 나의 가능성을 의심하지 않기'라고 써서 책상 앞에 붙였다.

왜, 라고 질문하고 살기로 마음먹었다. 빅터에게 처음으로 기회가 온 순간을 떠올렸다. 빅터는 대부분이 의심하지 않고 스쳐 지나간 것에 문제를 제기하며 스스로 질문했다. "왜 수학 문제를 대형 광고판에 게시했을까? 왜?"라고 말이다. 이제 어디서나 질문하는 사람에게 기회가 찾아온다는 것을 알게 되었다.

'빅터야, 항상 무언가를 관찰하고 배워야 더 나은 사람이 된단다. 어른이 되어 배우는 공부가 진짜 공부야. 포기해선 안 돼.'

이 말도 두고두고 기억하기로 했다. 나의 가능성을 믿고, '왜?'라고 질문하고, 무언가를 관찰하고 배우다 보면 어른이 될 것이다. 어른이 되어서까지 계속 관찰하고 배우면 언젠가 나도 남들보다 더 잘하는 분야가 생기지 않을까?

책을 읽는 동안 곰곰이 생각했다. 나는 지금 무엇을 할 수 있을까? 나는 무엇을 하며 살고 싶은가? 나에게 행복은 무엇인가? 내가 가장 사랑하는 사람은 누구인가?

생각하는 내내 엄마 얼굴이 떠올랐다. 나는 엄마가 불쌍하다. 엄마 같은 사람이 더 행복한 세상을 만들고 싶다. 엄마의 나라인 필리핀에서 대한민국으로 이주해 온 사람들이 대한민국 사람들과 잘 어우러질 수 있도록 돕고 싶다. 내가 서진이나 승윤이와 벽 없이 친구가 된 것처럼, 엄마의 벽도 없애주고 싶다. 인터넷으로 검색해 보니 사회복지사가 그런 일을 하는 것 같았다.

앞으로 내가 할 일은 마음의 집을 단단히 다져가는 것이다. 그러면서 조금씩 수업에도 집중해야겠다. 금세 성적이 오르진 않겠지만, 적어도 국어와 사회 수업은 적극적으로 참여할 것이다. 쉬운 책부터 꾸준히 읽으며 문해력이란 걸 키워봐야겠다.

5. 2049년, 미라 쌤의 서프라이즈 선물

도현이가 마지막 일기를 다 읽고 한동안 말을 잇지 못했다.

“최도현, 왜 갑자기 무거워졌어?”

서진이가 분위기를 가볍게 바꿔보려 웃으며 말을 건넸다.

“내가 지금 그때보다 열심히 살고 있는지 모르겠어. 질문하지 않고 위에서 시키는 대로 일한 지 오래됐어. 스스로 한계를 정했고, 언제부터인가 공부도 하지 않았어. 나도 실천하지 못하는 것을 아이들한테 강요했다는 생각도 들고. 여러모로 반성이 돼.”

도현의 말이 끝나자 서연이가 이어서 말했다.

“가끔 아이가 하는 말에 깨달음을 얻을 때가 있거든. 어리고 아무것도 모르는 아이도 알고 있는 것을 나는 왜 몰랐을까 하는 생각이 들 때가 있어. 25년 전에 깨달은 사실이 오늘 내 머리를 여러 번 때렸어. 열다섯 서서연이 깨달은 걸 마흔의 서서연은 왜 잊었을까?"

"아 참, 쌤, 서프라이즈는 뭐예요?"

도현이가 물었다.

"잠시만."

미라는 휴대폰을 빔프로젝터 모드로 바꿨다. 하얀 벽면에 미라 휴대폰의 사진첩이 그대로 미러링되었다.

"뭐 보여주시려고요?"

승윤이가 물었다.

"너희가 2024년 2학년 2학기 국어 수행평가로 만든 영상. '성장'을 주제로 한 단편소설을 읽고 '나의 성장 영상'을 만드는 거였는데, 성장의 역사가 아니라 앞으로 원하는 성장 모습을 담아보라고 했지. 수행평가 자료는 보통 다음 학년도가 되면 폐기하는데, 이 영상은 왠지 계속 가지고 있고 싶더라. 이런 날을 기대하며 간직했나 봐."

"난 누구랑 한 팀이었을까? 보나마나 김승윤, 박서진이었겠지?"

도현이가 말했다.

"선생님, 영상 빨리 재생해 주세요. 궁금해요."

솔희가 말했다. 미라는 허공에 손을 대고 화면 크기를 키웠다. 영상 속 최도현 얼굴에는 여드름 꽃이 피어 있었다. 승윤과 서진은 키나 덩치만 봐서는 어른이지만, 교복 덕분에 앳돼 보였다.

"저는 운동을 가르치는 사람이 되고 싶어요. 학교에서 가르치는 체육 선생님이 되려면 공부를 많이 해야 할 테니, 학교 선생님 말고 피트니스 클럽에서 운동을 가르치고 싶어요. 음. 결혼은 일찍 하고 싶어요. 아이한테 아주 다정한 아빠가 될 거예요. 아! 하나 더! 저는 책임질 것도 많고 비판받을 일도 많은 자리에 앉을 거예요."

미리 적어둔 대본을 보는 듯 승윤의 시선은 한곳을 응시하고 있었다. 마지막 '하나 더'라고 말할 땐 대본에 없는 내용인지 카메라 렌즈를 보며 말했다.

"'나의 성장'이 주제잖아. 장래희망 얘기하는 거 맞아? 장래희망과 성장은 좀 다른 것 같은데?"

서진의 말이 편집 없이 그대로 영상에 담겨 있었다.

"어떤 게 성장인지 잘 모르겠어. 지금보다 뭔가 하나라도 더 나으면 성장 아닌가? 박서진, 이제 네 차례야."

승윤이가 차례를 서진에게 넘겼다.

"저는 우리나라를 대표하는 모델로 성장할 것입니다. 지금 주말마다 온라인 쇼핑몰 피팅 모델을 하며 실력을 키워나가고 있습니다. 고등학생이 되어 모델 선발대회가 있다면 나갈 것입니다. 제가 잘할 수 있는 일로 돈을 벌어 우리 가족이 행복하게 살고, 어려운 아이들을 도우며 살 것입니다."

마지막으로 화면 중앙에 최도현이 등장했다.

"저는 국어 실력을 성장시킬 것입니다. 나중에 저처럼 문해력이 부족한 사람에게 도움을 주고 싶습니다. 그래서 위미라 선생님 수업 시간에 절대 졸지 않겠습니다. 선생님, 점수 잘 주실 거죠?"

짧은 영상이 끝났다. 승윤, 서진, 도현은 배꼽을 잡고 웃느라 얼굴이 새빨개졌다. 촌스러운 얼굴과 말투를 직면하는 게 힘들 땐 손으로 자신의 얼굴을 가리기도 했다.

"우리만 당할 순 없죠. 서서연 영상은 있죠? 박솔희 영상이 없는 게 아쉽네요."

도현이가 말했다. 미라가 다른 영상을 열었다. 곧 여학생 세 명이 만든 영상이 열렸다. 미라는 영상을 빠르게 넘겨 서연이가 화면 중앙에 잡히는 지점을 찾았다.

"그래서 저는 한 달에 한 권씩 책을 계속 읽을 거예요. 치위생사가 되어 일하다가 치과 의사와 결혼하고, 아이를 낳으면 일은 안 할 거예요. 아이들과 시간을 보내는 게 행복할 것 같거든요."

단순 명쾌한 서연다운 영상이었다.

"아니, 치과 의사랑 결혼하는 것도 성장이야? 이거 몇 점이에요?"

서진이가 서연을 놀려댔다.

"나도 좀 부끄럽긴 한데, 부끄러움보다 소름이 먼저야. 그때 말한 대로 됐잖아? 하나도 빠짐없이."

서연의 말에 다들 망치로 머리를 맞은 듯했다.

"그러게. 나도 내가 말한 대로 됐어."

서진이가 말했다.

그때 곽지혜가 들어왔다.

"아직 음식 주문 안 한 걸 보니 늦지 않게 도착했네."

| 에필로그 |

내일도 운수 좋은 날

"쌤! 왜 이렇게 늦게 오셨어요? 저희 타임캡슐 열어서 다 읽었어요."

솔희가 말했다.

"미안, 중요한 일이 있었어. 오늘따라 드론 택시가 안 잡혀서 더 늦었네. 미라가 말 안 했어?"

모두 미라와 지혜 얼굴을 번갈아 가며 쳐다보았다.

"얘기 안 했군. 너희한테 사죄할 게 있는데…."

"타임캡슐 먼저 열어보신 거, 저희 다 알고 있어요."

승윤이가 지혜의 말을 가로챘다. 지혜는 입가로 삐져나오는 웃음을 참을 수가 없었다.

"사실은… 내가 너희 일기로 소설을 썼어."

"네? 저희 이야기를 소설로요?"

승윤의 눈이 두 배로 커졌다.

"그리고… 방금 시상식에 다녀왔어."

"아니, 어쩜 그렇게 티를 안 내셨어요? 언제부터 쓰신 거예요? 그리고 시상식이라니?"

곽지혜와 남다른 친분을 유지하고 있는 솔희는 약간의 배신감을 느낀 듯하다. 지혜는 어떤 이야기부터 시작해야 될지 망설였다.

"오늘 한국 청소년문학상 대상 받았어."

"쌤, 축하드려요. 책 안 읽는 저도 들어본 문학상인 걸 보니, 대단한 일 맞죠?"

도현이가 말했다. 다른 제자들도 우선 축하를 건넸다.

"그런데, 혹시 상금도 있는 거 아네요?"

"하여튼 김승윤은 눈치가 빨라. 상금 있지."

"우와아!"

"너희 일기에서 힌트를 얻었으니 한턱 쏴야지. 오늘 저녁 내가 살게. 마음껏 시켜."

"쌤, 최고예요!"

모두 돌아가며 지혜에게 축하 인사를 건넸다.

"쌤, 아까 제 질문에 답 안 하셨어요. 우리들 모르게 언제부터 소설 쓰셨어요? 옥상책빛 때부터?"

"아, 그래, 그게 궁금할 테지. 『꿈을 지키는 카메라』를 읽고부터였어. 가슴 뛰는 내 꿈은 뭘까 생각하기 시작했지. 그때 내 SNS에 비공개로 매일 글을 쓰고 있었거든. 그렇게 매일 쓴 글을 모아 출판사에 투고했다가 퇴짜도 여러 번 맞았어. 기운이 빠졌어. 하지만 나는 글 쓰는 게 좋더라. 어떤 말을 듣고, 어떤 생각을 하는지에 따라 충분히 다른 사람이 될 가능성이 많은 어린이와 청소년에게 꿈을 주는 글을 쓰고 싶었어."

"작품 제목이 뭐예요?" 서진이가 물었다.

"운수 좋은 날."

"운수 좋은 날? 그거 옥상책빛 첫 책이었잖아요?"

“그래, 맞아. 거기서 제목을 가져왔어.”

지혜는 여전히 상기된 얼굴로 말했다.

“선생님 소설에 우리 전부 다 나와요? 결말은 뭐예요?

솔희가 물었다.

“한 명이라도 안 나오면 섭섭하지? 전부 다 나와. 독자들이 어떤 결말을 기대하며 읽었으면 좋겠어?”

“해피엔딩이요. 모두 다 잘 되는 결말이면 좋겠어요.”

도현의 말에 지혜는 싱긋 웃으며 말했다.

“너희가 기대하는 너희 이야기의 결말을 지금부터 만들어가면 되겠네. 잠깐 모두 눈을 감고 각자 자신이 주인공인 소설을 그려볼까? 주인공인 내가 어떤 결말을 만나면 좋겠어?”

“쌤! 이거 『페인트』 모임 때 쌤이 제안했던 거잖아요?”

승윤이가 말했다.

“맞아, 현실이 힘들다면 소설 속 ‘위기’일 거라고, 어떻게 위기를 극복해야 원하는 결말을 만날 수 있을지 생각해 보라고 했어. 지금 너희들 앞에 힘든 일이 있다면 ‘위기’라고 생각해 봐. 위기를 극복하고 나는 어떤 모습이 되어 있을지 이야기를 만들어봐.”

잠시 침묵이 흘렀다. 얼마의 시간이 흐른 후 하나둘 눈을 떴다.

“각자 소설의 결말을 이야기해 줄 수 있어? 너희가 어떤 상상을 했을지 궁금해."

지혜가 물었다.

"저 자신을 위해 아빠를 용서하고 마음이 가벼워졌어요. 저는 아이들에게 더 다정한 아빠가 되었고요. 제가 어떤 사람인지 누구 앞에서든 말할 수 있게 됐어요. 누구보다 저 자신을 잘 아는 사람이 된 거예요. 그리고 다른 사람에게 고용된 삶을 벗어나 제가 직접 개인 운동 처방숍 운영자가 된 모습을 떠올렸어요. 책임과 비판, 두려움이 따라오지만 모두 다 이겨내고 개인 운동 처방숍 대표로 나와 가족, 회원 모두를 건강하게 이끈다는 결말이에요. 어때요? 쌤이 쓴 소설 속 김승윤과 비슷해요?"

지혜는 대답을 피하고 웃어넘겼다. 모두에게 자신이 쓴 소설의 결말을 말하지 않을 작정이었다.

"승윤아, 너 개인 운동 처방숍 오픈하면 내가 연예인 친구 데리고 가서 등록할게. 프리미엄 코스도 만들어줘."

서진의 말에 승윤이가 문제없다는 듯 손가락으로 동그라미를 그려 보였다.

"아까 선생님 오시기 전에 얘기했는데요. 이제 저도 모델로서 제 위치를 다시 포지셔닝할 때가 됐어요. 그래서 앞으로는 일한 대가로 받는 '돈'보다 어려운 사람들을 돕는 '목적'의 무대에 오르고,

친환경적이거나 소외된 이웃을 돕는 데 앞장서는 기업의 제품 광고를 찍는 등 어려운 사람을 돕는 데 모델 활동의 기준점을 두려고요. 그리고… 사실은 저 여자 친구가 있어요. 언제 결혼할까 고민 중이었는데 오늘 결정했어요. 빨리 결혼해서 아이를 낳고 입양도 하고 싶어요. 저는 그런 결말을 그렸어요."

"박서진, 여친 있는 거 우리한테까지 숨긴 거야? 배신이야, 정말."

도현이가 서운함을 감추지 못했다.

"알잖아. 여친 공개되면 연애하기 어려워지는 거. 그쪽도 연예인이라서 공개되면 안 되고, 그래서 이번엔 특히 조심했어. 조만간 결혼 발표 나더라도 놀라지 마라."

"연예인? 누구야? 저번에 같이 예능프로 나왔던 그 배우야?"

승윤이 짚이는 데가 있다는 눈빛으로 물었다.

"쉿! 결혼 날짜 잡으면 말할게."

모두에게 궁금함을 남기고 서진은 입을 다물었다.

"이제 내 소설에도 집중을 좀 해줄래?"

서연이 분위기를 밝히려고 특유의 밝고 환한 미소를 띠며 손뼉을 쳤다.

"가만 생각해 보니 지금껏 나는 진짜 날 위한 삶을 산 게 아니었어. 나도 좋아하고 잘하는 게 있는데…, 이제 내가 좋아하고 잘하는 일에 의미를 부여할 거야. 서서연이 주인공인 소설의 결말은, 서서연이 좋아하는 꽃을 팔며 꽃꽂이나 꽃 포장 클래스를 열고, 서서연이 잘하는 핸드드립 커피를 파는 플라워카페를 여는 거야. 작년부터 온라인에서 가끔 무료 강의를 했어. 메타버스에 내 가게가 있는데, 이제 현실 세계에 내 이름을 걸고 제대로 해보고 싶어."

서연이가 눈을 반짝이며 말했다.

"그래 맞아. 서연이 집에 가면 항상 예쁜 꽃이 있어서 기분 좋았어. 서연이가 한 꽃꽂이에 반해서 나도 꽃 한 다발 사서 따라 해본 적이 있는데, 그거, 아무나 하는 게 아니더라."

솔희가 서연의 실력을 칭찬하며 서연이가 그린 결말을 응원했다.

"서연이 커피 좋아하잖아. 그래서 서연이가 맛있다는 카페가 다 대박 났구나. 생각할수록 베스트 조합이야. 서연 더하기 꽃 더하기 커피!"

서진도 서연을 보며 눈을 한 번 찡긋하고 엄지손가락을 추켜올렸다.

"다들 멋진 결말을 그렸구나. 너희에 비하면 나는 좀 시시한 결말인데."

도현이가 머뭇거렸다.

"멋진 결말, 시시한 결말이 어디 있겠어? 네가 지금 이 순간 원하는 네 모습, 그게 가장 멋진 결말인 거야. 남과 비교하지 말고 인생의 중심은 네 안에 두기!"

지혜의 응원에 도현이가 자세를 고쳐 잡고 말했다.

"나는 직장에서 상사가 시키는 대로 수동적으로 일하고, 공부도 하지 않고, 만날 집에서 휴대폰 만지고 TV 보면서, 아이들에게는 공부하라고 닦달한 일을 반성했어. 그래서 앞으로 최도현 소설은 이렇게 이어질 거야. 최도현은 이제 어떤 일이든 책임지고 비판받을 용기를 갖게 되었어. 재한 필리핀 협회와 하는 일 때문에 필리핀으로 파견을 가게 돼. 가족들도 함께 갈 수 있어서 아내, 아이들, 엄마, 아빠 모두 모시고 필리핀에서 지낼 거야. 나 스스로 한계를 정하지 않고 하고 싶은 일에 도전할 거야. 그리고 아이들에게 어떤 습관을 강요하기 전에 내가 먼저 시도하고 실천하는 아빠가 될 거야."

"멋지다. 그래, 나도 네가 필리핀에 파견 가면 좋을 것 같았어. 직접 그곳에서 살아본 경험이 앞으로 네가 사회복지사로 성장하는 데 큰 도움이 될 것 같아."

미라가 말했다.

"이제 내 차례구나. 나… 엄마 만나볼 거야!"

솔희 얼굴이 전구가 켜진 듯 빛났다.

"잘 생각했어!"

솔희 말에 누구보다 승윤이가 반가워했다.

"나도 승윤이 너처럼 앞으로 나아가기 위해 엄마를 용서하기로 했어. 할까 말까 망설여질 때 죽는 순간을 떠올리라는 열다섯 박솔희의 일기를 보며 생각하니, 하루라도 늦기 전에 엄마를 만나야겠더라. 그리고 보육원에 봉사를 하러 갈 거야. 내가 가진 재능이 보육원 아이들에게 큰 도움이 될 줄 알면서도 봉사에 나서지 않았어. 어릴 때 보육원에서 지낸 시간이 가슴에 아픔으로 남아서, 발길을 끊고 지냈거든. 이제 힘들었던 지난 시간을 직면할 수 있을 것 같아. 엄마도 용서하고 보육원에서 지냈던 어린 나를 위로하며 사랑이 고픈 아이들의 머리카락을 만져주고, 사랑도 주고 싶어."

"솔희야, 갈 때 쌤도 같이 가자. 옆에 보조 한 명쯤 필요하잖아."

미라가 솔희에게 제안했다.

"같이 가주신다면 저는 영광이죠. 그럼 소설의 결말에 미라 쌤도 넣어야겠어요. 그리고 생각과 말을 신중히 가려서 긍정적으로 생각하고 말하는 헤어디자이너 솔 쌤으로 통하는 결말을 그렸어요."

지혜가 손뼉을 쳤다.

"브라보! 내가 쓴 소설의 결말보다 너희가 상상한 게 더 멋진 걸?"

"25년 전 일기를 읽으니 타임머신 타고 가서 열다섯 박솔희를 위로해 주고 싶었어요. 너무 두려워하지 말라고요. 힘든 시간을 조금만 견디면 즐겁고 행복한 시간이 다가올 것이고, 다시 힘든 일이 닥치더라도 또 견디면 즐거운 일이 생길 것이라고요. 인생은 파도와 같아서 잔잔할 때도 있고 느닷없이 높은 파도가 덮쳐올 때도 있겠지만, 힘을 쭉 빼고 파도에 몸을 맡기면 바닷물이 흘러가는 곳으로 가게 될 것이라고요. 그렇게 지금 이곳에 도착해 있잖아요. 앞으로 다가올 시간도 그렇겠죠."

지혜는 제자 한 명 한 명과 눈을 마주치고 마지막으로 미라와 눈을 마주쳤다. 미라의 눈은 어서 계속 얘기하라고 말하고 있었다.

"인생은 문제의 연속이야. 그때는 죽을 만큼 힘든 일이라 생각했는데, 그 일이 지금 내 감정에 영향을 주고 있진 않지? 그 문제가 해결되었다고 계속 행복한 것도 아니었잖아? 하나가 해결되면 또 다른 문제가 다가오고…. 그게 인생인 것 같아. 누구든 똑같아. 어떤 사람이든 문제를 계속 만나지만, 문제를 대하는 태도는 제각각이지. 나한테만 왜 이런 일이 일어나느냐며 매사에 투덜거리는 사람이 있는 반면, 위기를 기회라 생각하며 문제를 어떻게 잘 해결해야 앞으로 내 삶이 더 나아질지 생각하고, 오히려 이런 문제가 생겼기 때문에 배웠다고 생각하는 사람이 있어. 수많은 문제 앞에서 매번 투덜거리는 사람, 매번 배우는 사람. 시간이 쌓이면 어떤 사람의 삶이 빛날까? 말하지 않아도 알겠지? 살다가 힘든 순간을 만나면 오늘 눈감고 생각한 것처럼 '지금은 내가 주인공인 소설의 위기'라고 생각하며 결말을 그려봐. 그리고 그런 결말을 만나려면 지금부터 어떻게 해야 할지 방법을 생각해 보는 거 어때?"

모두의 면면에 자신의 지난 인생을 격려하는 뭉클함과 앞으로 인생을 기대하는 희망 빛이 보였다.

"곽지혜 쌤 책 얼른 사서 읽어봐야겠어요. 제가 어떤 캐릭터로 나올지 궁금해요."

도현이가 말했다.

"책 나오면 한 권씩 선물할게. 얘들아, 현재가 영어로 프레젠트(present)잖아. 프레젠트는 우리말로 '선물'이니까 현재는 선물이야."

지혜가 말했다. 모두 '그래서?'라는 표정으로 뒤에 이어질 말에 귀를 기울였다.

"어제는 역사고, 내일은 수수께끼지만 오늘은 신의 선물이야."

"오오! 쌤 멋진 말이에요. 이것도 우리 소설에 나오는 말이에요?"

도현이가 물었다.

"아니, 미국에서 유명했던 코미디언 조안 리버스가 한 말이야. 어릴 때 너희는 가정환경이나 부모는 선택할 수 없지만, 자신의 태도는 선택할 수 있었어. 지금 너희의 모습은 무수한 선택을 거친 결과야. 신의 선물 같은 오늘 하루를 어떻게 보낼지도 자신이 선택하는 거야."

지혜가 말했다.

"그럼 당연히 행복한 하루를 선택해야겠네요."

승윤이가 말했다.

"나는 즐거운 하루를 선택할래."

서연이가 말했다. 이어서 도현이 덧붙였다.

"나는 지금 이 시간을 소중하게 보낼래. 선물을 함부로 대하는 사람은 없으니까."

"한 명씩 돌아가며 말하는 분위기네? 나는 좋은 사람들을 떠올리며 기분 좋은 날을 만들래."

솔희가 말했다.

"음. 나는 후회 없는 하루를 선택할래."

한때 열다섯이었던 마흔들의 눈이 미라에게 모였다.

"나도 말해야 돼? 음… 나는 아침마다 눈을 뜨면 하는 말이 있어."

미라가 말했다.

"뭐야?"

"뭐예요, 쌤?"

"나는 운이 참 좋은 사람이다!"

"왜요?"

"아침에 건강하게 눈을 떠서 하루를 선물받았잖아. 선물을 받으며 하루를 시작한다니, 얼마나 운이 좋아? 안 그래?"

"정말 그렇네요. 우리는 참 운이 좋은 사람들이고, 운이 좋은 하루를 보내고 있네요."

미라 말을 듣고 솔희가 말했다.

"그나저나, 우리 그때부터 시작된 인연이 지금까지 이어지고 있는 것도 대단하지 않아? 아까 일기 읽다가 마음을 울리는 문장이라 외워뒀는데, 내 인생 책이었던 『체리새우: 비밀글입니다』에 나오는 말처럼 '우리는 계속 서로에게 햇살이 되어주고 바람이 되어주자. 독립된 나무로 잘 자라게 서로에게 도움이 되는 존재.' 어때?"

서연이가 말했다.

"평소에는 낯간지러워서 하지 못하는 말도 책 속 문장을 빌리면 이렇게 당당하게 말할 수 있네요."

서진이가 서연을 놀리듯 말했다. 그 말에 모두 팝콘 터지듯 웃었다. 밖에는 함박눈이 떨어지고 있지만, 이곳에 앉은 일곱 명의 마음은 붕어빵처럼 따뜻했다. 마흔들은, 현실을 바꿔보려고 고군분투한 열다섯 살의 자신들을 통해 앞으로의 인생을 선물처럼 여기며 살아갈 용기를 얻었다.

"와! 음식 나왔다! 우리 잔부터 채울까?"

각자 앞에 놓인 맥주잔에 맥주를 가득 부었다. 지혜가 자리에서 일어나 잔을 높이 들며 말했다.

"우리가 처음 만났던 날이 그랬듯 오늘도 내일도, 운수 좋은 날로 만들어가자. 우리의 앞날을 응원하며 치얼스!"

"치얼스!"

(끝)

행복동
타임캡슐